後宮冥妃の検視録
～冷遇妃は皇帝に溺愛される～

Asa Asazuki
朝月アサ

Illustration:Ichiko milk tei
壱子みるく亭

CONTENTS

後宮冥妃の検視録

～冷遇妃は皇帝に溺愛される～

■序章　神の娘の後宮入り

――大地には、神がいた。

長く世界を治めていた神は、ある時、天から降りてきた龍に、その座を譲った。

天龍は大地のすべてを支配したが、唯一支配できないものがあった。

死だ。

死だけは古き神の手に残された。


「――鈴花《リンファ》、お前の後宮入りが決まった」

鈴花が十二歳の秋の夕暮れ――白《ハク》家当主である兄の、どこか楽しそうな声が広い部屋に響く。

その言葉に鈴花が抱いたのは、戸惑いだけだった。

また冗談だろうかと思いながら、少し離れた場所に座る兄を見る。兄は愉快《ゆかい》そうに続けた。

「相手は即位したばかりの新皇帝だ。お前は後宮の西宮の主《あるじ》、白妃となる」

「…………」

「腑《ふ》に落ちていない顔だな。何でも言ってみろ。赦《ゆる》す」

「……皇帝……いえ、先帝は、どうなったのでしょうか？」

「とっくに死んでいる」

あっけらかんと言う。

「……聞いていません」

「言うわけがないだろう。世間にも伏せられていたことだ。先帝は二年も前に二度目の死を迎えたなんて」

「…………」

「世間には臥せっていることにして、皇后——いまは皇太后か——と、その親族が実権を握っていた——なんてことも、お前は知らなくていい」

情報を与えながらも、忘れるように言ってくる。

「黄《コウ》家の直系はほぼ消えた。男子で残ったのは若いのが一人だけだ。ようやく成人した新皇帝の幼龍が死ねば、黄家は本当に絶える。だからお前を手元に置いておきたいらしい」

——何かが起こった時、すぐに対処できるように。

理由はわかったが、鈴花は現実がうまく呑《の》み込めない。

自分の役目は、皇帝が死んだ時にその魂を冥界から呼び戻し、代わりに己が死ぬというものだ。ずっとそう聞かされてきた。

その運命を受け入れていたのに、まさか皇帝の妃《きさき》の一人になるなんて。

「——嫌です」

「もう決まったことだ。対価は充分に貰《もら》っているし、拒否すれば禁軍を差し向けられる」

「……わかりました」

鈴花は新しい運命を受け入れた。直轄軍に攻められては、この小さな里はひとたまりもない。

(……仕方ない。無理やり子を産まされることもないだろう)

出産は死の危険を伴う。そんな危険なことはさせられないだろう。

——白家は古き神の血を引く一族だ。天から降りてきた龍に神の座を譲って以来、小さな里に隠れるように住んでいる。

白家には時折『神器持ち《じんぎも》』が生まれる。剣や鏡、玉——鈴花もまた神器を宿して生まれた。神の鈴を。

そして『神器持ち』は特殊な力を持つ。

一つは死者の姿が見えること。

もう一つは、死んだ人間の魂を、冥界から現世に呼び戻せること。

ただ、その能力を使えるのは生涯で一度きり。命の対価は命。人を生き返らせるには、術者の命が必要となる。

このことは、白家の当主筋の他は、皇族の一部しか知らない。

そしてその力は主に、不慮《ふりょ》の死を遂げた皇帝を呼び戻すことに使われてきた。そうやっていままで何人も、何代も、白家の『神器持ち』が秘密裏に皇帝を呼び戻しては、代わりに死んでいった。

(……せっかく母様が生き返らせたのに、また呆気《あっけ》なく死ぬなんて)

鈴花は虚《むな》しさを覚えた。

もう怒りすら感じない。

皇帝を生き返らせることに、本当に意味などあるのだろうか。龍の化身なのに、簡単に何度も死ぬものに。

「……先帝は、何が原因で身罷《みまか》られたのでしょうか」

謀反か、それとも事故か。大勢が瞬《またた》く間に死んだという被害からすると、火事だろうか。

「ただの病魔だ。あっという間に一族が壊滅して、我らを手配する余裕すらなかったらしい。病のこともあり、死体はすべて燃やしたようだ」

――それならば、黄泉《よみ》がえりは行えない。

死体がなければ生き返らせることもできない。

黄泉路から連れて帰ったところで、器がないのだから。

「皇太后は、このような過ちを二度と犯したくないらしい。次代が充分育つまで、何をしてでも皇帝を生かしておきたいようだな」

だから妃なのかと、鈴花は納得した。

黄泉がえりは時間が経てば経つほど障害が増える。死体の腐敗は進むし、損壊の危険性も増す。もし皇帝に何かあった時、すぐに生き返らせることができるように、『神器持ち』を傍《そば》に置いておきたいのだ。

ならば妃というかたちが一番自然だ。

「後宮入りは来年だ。何も持ってくるなと向こうは仰《おお》せだから、準備の必要はない」

「承知しました、兄上」

それならばその時まで、この里の姿を目に焼き付けておこう。きっともう戻ってくることはできないだろうから。

兄が鈴花の帯を指す。正確には、帯の上にある鈴を。

中に何も入っていない、揺れても鳴らない空鈴を。

「その鈴だけは常に肌身離さずにいるんだぞ。お前は少し力が強すぎる。変に鳴ったら疑われる」

「はい」

小さく頷《うなず》く鈴花を見る兄の目が、真剣みと憐憫《れんびん》を帯びた。

「……後宮は、暗いところだ。黄泉よりも暗くて淀《よど》んでいて、足を引っ張り合う場所だ。誰にも隙《すき》を見せるな」

「わかりました」

忠告を心に刻む。

「新しい皇帝は、どのような御方《おかた》なのですか」

「そうだな。気が弱く面白みのない幼龍だったが……いまは少し、面白くなった」

都の間者《かんじゃ》からの報告だろうか。それとも実際に見てきたのだろうか。どこか楽しそうに言う。

「龍の子供を産んでもいいぞ」

「ご冗談が過ぎます。兄上」

鈴花は小さくため息を零《こぼ》す。

「天の龍は、地の私たちとは交わらないでしょう」


――古き神の一族は人に交じりながら静かに生きた。その一族の名は白家。

――龍は人と交じることなく帝《みかど》として大地を統べた。その一族の名は黄家。


龍の一族は余人と交わることはなかった。神聖な血を繋《つな》ぐため、身内や、同じ血を引く貴族たちとのみ交わった。

貴き血族の中に、白家はいない。きっとこれから先もずっと。


そうして次の春、鈴花は後宮に入った。供もつけず、たった一人で。

後宮の片隅での生活は思っていたよりも平穏で、思っていた以上に退屈だった。

皇帝の顔を見ることすらなく、二年があっという間に過ぎ、そして十五歳の夏——紺碧《こんぺき》の空に蒼月《そうげつ》が輝く夜に、それは起こった。

鈴花は他に誰もいない西宮で、南西の風を感じながら、不穏な気配を感じて顔を上げる。

——身体《からだ》の内に宿る神鈴が、悲しげに鳴った。

「いま、後宮で誰かが死んだな……」

帯の上の、音を奏でることのない鈴を撫《な》で、鈴花は強張《こわば》った息を吐き出した。

■第壱章　後宮の花

龍帝国の後宮の池に、花が咲いていた。

立ち並ぶ蓮《はす》の蕾《つぼみ》たちの間に、赤い大輪の花が浮かんでいる。

だが、蒼月に照らし出されたのは、花ではない。

豊かな紅の髪が。花の刺繍《ししゅう》がされた緋《ひ》色の衣が。溶けるように流れ出す血の揺らぎが、花びらのように広がっていた。

——彼女の名は紅珠蘭《コウシュラン》。南の紅家の娘であり、四妃の一人。

煌《きら》びやかな容姿を持つ美しい妃は、何者かの手によって惨殺され、夏でも冷たい池の中に打ち捨てられていた。その手に、血の滲《にじ》んだ白い衣の端を握りしめて。

◆◆◆

「——白《ハク》妃、紅妃を殺したのはそなたなのか？」

——天寧宮。

皇帝が後宮で過ごす際に使用する宮——その奥の座で、緞帳《どんちょう》越しに声が響く。

重々しく威圧感のある声は、皇帝である黄景仁《コウケイジン》のものだ。

緞帳の前に立つのは、白鈴花《リンファ》ただ一人だった。

部屋には他に誰もいない。侍女《じじょ》も近侍《きんじ》も宦官《かんがん》も。

鈴花の白い髪が、銀糸で繊細《せんさい》に刺繍された白い衣が、行灯《あんどん》の光を受けて微《かす》かに輝く。

赤い瞳で、緞帳の向こうにいる皇帝の姿を見つめる。

「いいえ。私ではございません」

「だが紅妃は、白い衣の端を握りしめていた」

――四妃は、それぞれ家名に入った色の衣を纏《まと》う。白家である鈴花は白を。紅家である紅珠蘭はいつも緋色の衣を纏っていた。

「白の衣など、どこにでもあるでしょう」

染色されていない白い布など、どこでも簡単に手に入る。

「ですがそれが、銀糸で刺繍がされた白絹ならば、陛下に賜《たまわ》ったものでしょうね。以前、詩会《うたかい》に出ている間に一枚どこかに消えてしまって、困っていたのです。替えも少ないのに」

鈴花は口元に微かな皮肉を漂わせ、微笑《ほほえ》む。鈴花は装飾品をほとんど身に着けていない。髪を纏める銀の飾りの他は、帯の上に巻いてある空鈴ぐらいだ。

清廉質素《せいれんしっそ》。これが四妃の一人であると――皇帝の妃の一人であると教えられて、素直に納得する者がどれほどいるだろうか。

鈴花は緞帳を見つめる。その奥にいる人物の玉体を目にすることができるのは、褥《しとね》を共にする寵姫《ちょうき》と、身の回りの世話をするわずかな侍従だけだ。

鈴花はそれとは違う。

皇帝の顔を見たこともなければ、夜を共にしたこともない。

後宮での儀式の時に時折言葉を交わす程度で、鈴花にとって遠い存在だった。それこそ緞帳の向こう側の、よくわからない存在だ。

「私が犯人だとして、動機はどのように考えられているのですか？」

「余の寵愛《ちようあい》を唯一受けていないそなたが、他の妃に嫉妬《しつと》したのだと」

皇帝の言葉に、鈴花は眉を僅《わず》かに顰《ひそ》めた。

「その動機だけは受け入れがたいですが、私を処刑するというのでしたら、それでも構いません」

「するものか。白家からの大切な献上物だ。誰にも傷つけさせせん」

「………」

「ただ、牢《ろう》に一生閉じ込めることになるだけだ」

恐ろしい言葉に、鈴花は顔を強張らせる。

「いまも囚《とら》われているようなものですのに、これ以上窮屈《きゆうくつ》にしようというのですか？」

「それが嫌ならば、真犯人を連れてこい」

高圧的な声には、鈴花への期待と、犯人に対する怒り、そして紅妃を失った悲しみが滲んでいた。

紅珠蘭はいずれ皇妃になる妃だった。皇太后と同じ紅家出身ということで強力な後ろ盾もあり、本人の資質も申し分なかった。

その彼女が惨殺されてしまったのだ。悲しみはいかほどのものか。

「――わかりました。犯人を連れてまいりましょう」

勿論《もちろん》、鈴花に犯人の心当たりはない。

だが、ここで引き下がるわけにはいかない。無実の罪など受け入れられない。

「あまり時間はやれん。次に月が満ちるまでだ」

「はい。充分です」

「それから、そなたに一人つける」

「必要ありません」

「一人では何かと重労働だろう。好きに使え」

取り付く島もなく、拒否権もない。

つまり、付けられるのは監視役ということだ。

鈴花は仕方なく儀礼的に一礼し、滑るような足取りでその場を去った。

◆◆◆

(皇帝め……好き勝手なことばかり)

天寧宮から出た鈴花は、月明かりの下、夜露に濡《ぬ》れた石畳を踏んで歩く。

(一生牢生活など……退屈で死んでしまう。ただでさえ後宮など息苦しいばかりなのに)

故郷で野山を歩き回っていたころが懐かしい。

死にさえしなければ何をしても良かった頃と比べて、いまの生活の窮屈で退屈なこと。二年経《た》っても慣れない。その上、牢になど入れられてしまえば、いよいよ退屈極まってしまう。

(ああ……疲れた)

鈴花は大きなため息をつく。

今日は早朝から大騒ぎだった。全身を滅多《めった》刺しにされ、池に投げ捨てられた死体が後宮で発見されたのだ。

しかもその死体は四妃の一人。

貴人が殺されたことも、その手口の残忍さも、後宮を恐怖に陥れた。

——いったい誰が殺したのか。

犯人は見つからないまま、鈴花も容疑者の一人として、夜中まで取り調べを受けることになった。

(何たる屈辱……)

容疑者として疑われるのは仕方ない。

死体の手に鈴花の衣の一部が握られていたというのだから、当然の流れだ。

だがその動機とされたものが、思い出すだけで屈辱だ。

——嫉妬など。

(いったい誰が私に罪を着せようというのか)

鈴花は後宮で孤立している。他の三妃とも交流はほとんどない。儀式や行事で顔を合わせることはあるが、基本的に没交渉だ。

後宮女官たちも最低限の世話しかしない。皇帝の寵愛を受けていない妃に取り入ったところで、何の旨味《うまみ》もないからだ。

(だからこそ、動機がでっち上げやすいということはあるだろうが)

鈴花の無実を証言できる者もいない。他の妃は連れてきた侍女や女官たちと常に共にいる。後宮で働く者たちには仕事があるので他者との関わりも多い。

だが、鈴花には誰もいない。一人きりだ。いままでそれで何の問題もなかった。

(まさか、このような事態に追い込まれるとはな)

今後は身の振り方を考えるべきか——そう思いながら、鈴花は死体発見現場である池に向かった。


後宮内は静かだった。誰とも出会うことなく、後宮の北側にある池に到着する。

鈴花の住む西宮に近い池だ。普段は人通りの少ない場所だが、今日は朝から騒がしかった。だが夜中ともなれば既《すで》に人の気配はない。

紅妃の遺体もとっくに片付けられている。大勢の人の足によって踏みにじられた草花と、淀んだ水、そしてちらほらと残る血痕だけが、惨劇の名残《なご》りを描いていた。

鈴花は池を覗《のぞ》き込む。夜の水面はどこまでも深く、墨《すみ》を流したように暗い。

(一度隈《くま》なく調べられたようだが、犯人に繋がる手掛かりは見つからなかったようだな)

風が水面と葉を撫でるざわざわとした音だけが、ひっそりと響く。

(……どうしてこんな場所に、紅妃は来たのだろう……)

犯行時間は昨夜だ。鈴花も、その時のことをはっきりと覚えている。身の内に宿る神鈴の響きを覚えている。

(あの時、もっとちゃんと調べ回っていれば……何かが変わっただろうか。いや、私が発見者になっただけか)

発見者になったところで、容疑者になるのは免《まぬか》れない。

(夕方までは紅妃にも池にも、何の変哲もなかったと、女官たちが証言しているというが……この池

に何もなかったと言ったのは……北宮の女官たちかな）

池に一番近い西宮には鈴花しか住んでいない。次に近いのが、黒《コク》妃が住む北宮だ。あの宮は侍女も女官も多い。何かの用事で、ここを通りかかった女官もいるかもしれない。

——そして早朝、紅珠蘭の不在に気づいた南宮の者たちが、後宮中を捜し回り——この池で、変わり果てた姿の紅珠蘭を見つけた。

（女官たちに話を聞いてみたいが、容疑者候補筆頭がいきなり近づいても警戒されるだろうな）

鈴花は手始めに、注意深く辺りの様子を見る。

飛び散った血があちこちに残っている。池にかかる橋の欄干《らんかん》に、下草の一部に。

（この出血量。どこか別の場所で殺されたわけではなさそうだ……いや、決めつけるのは早いか）

いまは情報を集められるだけ集める段階だ。選別していくのはもう少し後のこと。いまはすべての情報を記憶していく。謎解きが得意だった母の教えどおりに。

殺人犯捜しなどしたことはないが、要領は同じだ。細かい残滓《ざんし》と疑問を拾い集め、真実を視《み》る。

（後宮は、一種の密室だ）

閉じ込められた花たちは、帝が変わって後宮が一新されるか、家臣に下賜《かし》されるか以外には、この場所を出ることは叶《かな》わない。

そして外から入ってくることも難しい。

次代の龍器を産む後宮の出入りは、厳密に管理されている。

（外部犯の可能性は低いが……すべての可能性を排除してはならない）

水面を見つめる。この池の水は湧《わ》き水だ。血で淀んだ水は数日中に入れ替わってしまうだろう。

あちこちにある血の痕も、雨風でいずれは消えてしまう。

この場所に残る死者の未練も。

鈴花は、帯に巻いていた鳴らない鈴を取り外し、そのまま手首に巻きつけた。

鈴をつけた手を前に伸ばし、振る。

鳴らないはずの鈴が、鳴る。

清廉な音が、静寂を切り裂いて夜に響く。

——本当に鳴っているのは飾りの鈴ではない。鈴花の身の内に宿る神器——神鈴だ。

かたちのある鈴は、本当の神器を隠すためのもの。本物の神の力は魂に、鈴花の中に宿っている。

神鈴の響きと共鳴するように、池の水面が揺れる。

丸い波紋をいくつも立てて、揺らぎ続ける。

——月明かりの下、現世と冥界の境界が朧《おぼろ》げになり。

蓮の蕾の間に霧《きり》が生まれる。

人の姿をした霧が。

俯《うつむ》き、両手で身体を抱える女の姿が。

それは、鈴花の知る紅珠蘭の姿だった。

池の中で頭も上げず、小さく小さく蹲《うずくま》っている。

「——誰が、あなたを殺した?」

微かな期待を抱き、死者に問う。

だが、死者は何も語らない。無言のまま、ただそこに存在する。生きていたときの残像のように。

（話せるだけの力はないか）

死者から話を聞き出せれば早かったのだが。

こうなると、この広い後宮で地道に調査していくしかなさそうだ。

鈴花は再び紅珠蘭を見つめる。

後宮では誰とも関わらずにきた鈴花だが、同時期に後宮入りした紅珠蘭とだけは、少しだけ親交があった。彼女はとても社交的で、頭がよく、夏の大輪の花のような女性だった。

――だから。

紅珠蘭が殺されたことには、少しだけ動揺した。

（いっそ紅妃を生き返らせてしまえば、何もかも解決するのだろうが）

それは、皇帝や皇太后が許さないだろうし、契約違反の代償を、白家に支払わせるわけにはいかない。

鈴花は心を決め、まっすぐに前を見つめる。

「私が犯人を見つけ出す。もう少しだけ、待っていてほしい」

もう一度だけ鈴を鳴らすと、紅珠蘭の姿を持つ霧は消えた。

夜は静かに更けていく。

◆◆◆

妃たちの朝は遅い。

皇族や妃は女官たちの仕事の準備が整ってから目覚めるのが慣習だ。

だが、鈴花は女官たちと同じように、夜が明ける前から動き出す。

鈴花の住む西宮があるのは後宮の北西——中央の天寧宮から最も離れた場所にあり、そのおかげで常に静寂を保っている。

鈴花はこの環境を気に入っていた。

寝台から起き上がり、床に足を下ろす。ひんやりとした感触が心地《ここち》いい。

寝室には、寝台とわずかな家具しかない。分厚い絨毯《じゅうたん》も、豪奢《ごうしゃ》な装飾もなく、閑散としたものだ。

そしてその景色は、後宮に来たばかりのころと、ほとんど変わっていない。

——後宮入りの際、鈴花は言われた通り何も持ってこなかった。着てきたものも用意されたものと替えられた。唯一持ち込んだものは、鳴らない鈴だけだ。

望みがあれば何でも言うようにとは言われている。だから、欲しいものを言えばきっとすぐに用意されるだろう。名目だけでも妃なのだから。

だが、鈴花は紙と竹簡と筆、墨と硯《すずり》などの道具、そして書を借りて読むこと以外は望まなかった。

衣服は普段着るものがあればいい。豪華《ごうか》な衣は、儀式に出る際の分だけでいい。

鈴花は他の妃たちとは違って、妃の務めを——龍器を産むための義務を果たしていない。下賜だけ受け取るのは釣り合いがとれない。

それに、昔から豪華絢爛《けんらん》さとは無縁の生活を送ってきた。生きるのに必要なものさえあれば充分だ。

鈴花は鏡台の前に立ち、漆《うるし》塗りの道具箱の蓋《ふた》を開ける。中には櫛《くし》と香油、簪《かんざし》が収められている。これらも妃として必要最低限のものとして与えられたものだ。

鈴花は、手早く身支度を整えていく。

髪に香油を塗った櫛を通し、簡単に結って銀の簪を挿す。服を着て、帯の上に鈴を結ぶ。

身支度が終わったころ、部屋の扉が静かに開き、後宮女官が朝餉《あさげ》を運んできた。

鈴花には侍女も専属女官もいない。

四妃に属さない後宮付きの女官が、必要最小限の世話をしてくれる。

自分の身の回りの世話は、自分でできる。周囲の人間はできるだけ少ない方がいい。

鈴花はこの状況をありがたく思っていた。

(しかし、確かにこの状況、周りから見れば冷遇されていると思われても仕方がないな。だからといって不満や嫉妬心を抱いていると思われるのは業腹だが。とはいえ——)

皇帝の腹の内はわからないが、皇太后は白家の姫を厚遇することを許さないだろう。鈴花の兄も、「命の保証があるだけで充分だと思え」と言っていた。皇太后とは一度会っただけだが、感じたのは敵意だけだ。

憎らしく穢《けが》らわしいものを見るような目だった。

(懐柔《かいじゅう》を考えられたら面倒だからよかったが)

飼い慣らそうとしてこられたらと思うと、ぞっとする。

鈴花は気を取り直し、朝餉の乗った膳《ぜん》を見つめる。蒸籠《せいろ》に入った点心に、粥《かゆ》、葉物野菜の炒め物、魚の蒸し物、蜜漬けの果実、そして香り高い茶。

後宮女官は食事を運び終えると、一言も発さぬまま外に出ていく。

鈴花は短い祈りをし、箸を取って食事を始める。

皇帝と同じ食事だけあって、豪華なものだ。家にいた時とは比べものにならない。

――だが、冷めている。

毒見役を何人も経由しているため、すべての料理が冷めきっている。

現在生き残っている皇族男子が皇帝のみのため、慎重すぎるぐらい慎重になっているから仕方のないことはいえ。

外の光が部屋に射し込む中、鈴花は食事を取りながら、一日の予定を思い巡らせる。

食事が終わって茶を飲んでいた時、再び外の扉が開き、誰かがやってきた気配がする。

膳を下げに来たのにしては、早すぎる。

いったい何事かと訝《いぶか》しんだ時――

「――白妃はいらっしゃるか」

やや高圧的な、男の声が聞こえてくる。

来客に応対するような侍女も女官もいないため、鈴花は自ら宮の入口の方へ向かう。

そこにいたのは、武官のような黒髪黒目の男だった。

初めて見る顔だ。鍛《きた》えられて引き締まった体軀《たいく》と、腰に差した剣を見て、鈴花は嫌な予感がした。

――確かに、皇帝は一人付けると言っていたが。

まさか後宮に武官を寄越《よこ》したのだろうか。いやまさか、そこまで決まり事を逸脱したりしないだろう。後宮に足を踏み入れられるのは、皇族と女と宦官だけ。後宮でこんなに堂々としているあたり、宦官なのだろう。きっと。いや絶対。

鈴花は、彼の目を直視する。

「お前が?」

「ああ、そうだ」

鈴花はわずかに頭痛を覚える。だが、曲がりなりにも皇帝からの派遣。邪険にはできない。

「そうか。何と呼べば?」

「焔《エン》。好きに使ってくれ」

氏を名乗らない。とんだ無礼者である。

顔は整っているし、気品もある。貴族の血を引いているだろうが、間違いなく市井《しせい》育ちだ。登城したのはある程度育ってからだろう。そして宦官かどうかも怪しい。あまりにも男らしすぎる。

普通、宦官というものは、去勢された関係でどうしても身体の線が丸くなる。

——少なくとも、この人物は鈴花が知る宦官とはかけ離れている。そういう体質なだけなのかもしれないが。

(何を考えてこんな人間を寄越したのか……理解できん)

皇帝が選んだ人間なのだから実力は間違いないだろうが、あまりにも場にそぐわない。目的にもそぐわない。力仕事はできそうとはいえ。

女と宦官ばかりの後宮で、彼を連れて歩けば、いったいどれだけ目立つことか。ますます変な憶測を呼びかねない。

鈴花の決断は早かった。

「……では、この宮の周りの掃除《そうじ》をしておけ」

「俺は護衛と手助けで来たんだが」

「好きに使えと言ったのはお前だ」

不満顔の焔を視線で刺す。

「いいか？　中には絶対に入ってくるな。そこより内に入っていいのは、皇帝のみだ。掃除が嫌なら、外から人の出入りを監視しておけ」

それだけ言い、鈴花自ら外に通じる扉を閉じる。

再び扉を開けるような無粋はしてこなかったことに安堵《あんど》しながら、部屋に戻った。

（皇帝の考えていることはまったく読めん……ええい、もういい。自分一人で全部やる。さて、どこから手を付けるべきか）

自室の扉を閉め、しっかりと閂《かんぬき》をかける。

（……やはり、いまの後宮を知るところからか）

とても気の重い仕事だが、情報は集められるだけ集めなければ、謎は解けない——母の教えだ。

鈴花は壁にかけられている大きな姿見の前に立ち、白い髪を手に取る。この髪色は白家の人間に多いが、里の外では少しばかり目立つ。

小さく力を込めて、幻術をかける。古き狐神《きつねがみ》に教わって、代々白家に伝わってきた術だ。

瞬く間に白い髪は漆黒《しっこく》に染まった。

次に、瞼《まぶた》を閉じる。

瞼を開いたとき、赤い瞳は黒く染まっていた。

特徴的な二つの色が、巷《ちまた》に満ちる黒に染まると、最早まったくの別人だ。

色を隠す——ただそれだけの術だが、かなりの効果がある。

簪を抜き、寝台の下に隠してある行李《こうり》から女官服を取り出して着替えれば、後宮に住む他の女官と何ら変わらない姿だ。

（――うん、いい出来だ。狐狸《こり》や仙人には及ばないが、幻術もなかなかうまく使えるようになってきたな。目くらましには充分だ）

それから最後に少しだけ、顔の印象がぼやける術をかける。もし、まじまじと顔を見られて、正体を知られてしまっては大変だ。

術に長《た》けた仙人や道士は、自分の姿を丸ごと別人――あるいは動物にも変えることができるらしいが、鈴花にはこれで充分だ。

後宮女官となった鈴花は、空になった膳を持って外に出る。

外では焰が壁に寄りかかり、何かを警戒するように周囲を見渡していたが、鈴花の姿にはまったく気づかない様子だった。きっと最初から中にいた女官と思っているのだろう。

視線を向けずに前を通り過ぎ、御膳所に向かって回廊を静々と歩いた。

妃が惨殺された影響だろうか。後宮内はいつもよりずっと空気が重く、じめっとしていた。

晴れぬ気分で回廊を歩いていると、前方から青い衣の一団が見えた。

「――あら？」

中心にいた女性が、鈴花を見て声を上げる。

――蒼月瑛《ソウゲツエイ》。四妃の一人。

長い黒髪は月のような輝きを放ち、髷《まげ》には瑠璃《るり》の飾りが煌《きら》めいていた。

均整がとれた顔立ちに、優雅な微笑みが浮かんでいる。深い青の瞳には、人々を引き込む魅力があった。

身に纏っている蒼《あお》色の衣は、銀糸と金糸で刺繡が施されている。

品のある立ち振る舞いは、貴族出身の侍女たちと共にあっても格の違いを感じさせるものだった。

(どうしてこんなところに、蒼妃が?)

ここから一番遠い東宮に住む彼女が、こんなところにまで来るのは大変珍しい。散歩というわけでもないだろう。後宮には散歩に相応《ふさわ》しい場所は他にいくらでもある。

「ちょうどいいわ。あなた、白妃様へこれを渡してもらえるかしら」

蒼月瑛が言うと、横に控えていた侍女が、柳《やなぎ》の枝を鈴花に差し出してくる。涼やかな柳の枝には、文が結ばれていた。

しかし鈴花の両手は空膳によって塞《ふさ》がれている。

受け取ろうにも物理的に不可能だが、侍女は何も言わないまま鈴花の衣の合わせに柳を挿した。

「承知しました」

鈴花は一礼してその場を離れる。やや早足で。

(まさか、この姿の時に蒼妃と出会うなんて)

本人と気づかれてはいないだろう。でなければ、あのような言い方はしないだろうし、侍女が触れてくるはずがない。

(……文、か)

内容が気になる。しかし、すぐに宮の部屋に戻る気にはなれない。あの場所には見張りがいる。せめて、昼餉《ひるげ》の時間までは離れていたい。

こっそりと中身を確認したいところだが、万が一誰かに見咎《みとが》められたら、妃同士で交わされる文を盗み読みしたかと思われる。

どうしようかと考えながら、懐の柳の枝を見る。

(それにしても、柳か……何とも意味深なことだ)

柳は悲哀や涙の意味を持つ。いまの状況に、相応しすぎるぐらい相応しかった。

◆◆◆

後宮内には多くの庭園がある。

その一つ一つが計算され尽くした優美な造りになっていて、絶妙な感覚で配置されている大きな石などは、こっそりと休憩できる物陰にもなり、文の中身を確認する場所としても最適だった。

ひんやりとした木陰に入り、鈴花はゆっくりと文を開く。

上質な紙には、美しい文字が流水のごとく並んでいた。

『先日、星々が流れるような出来事が我々の周りに訪れました。その夜の風のささやき、水面の揺れ動きを、共に語らいたく存じます。再び、風が私たちを誘う時、静かな夜に、詩を語り合えますことを切に願っております。お身の回りの風と月を、どうぞ大切に』

一見、なんとも要領を得ない私信だ。

(まるで暗号だな……ともあれ、蒼妃が事件について何かを知っているのは間違いない)

そして、その情報を白鈴花と共有したいらしい。

更に、身の回りに気をつけろとも書かれている。

敢《あ》えてこのような取り留めのない書き方をしているのは、誰に読まれても問題ないようにだろう。

鈴花は文を元の形に戻して、柳の枝に巻きつける。

それを衣の合わせの深くに入れて、落とさないようにした。

(返事を書きたいところだが、まだ戻るのには早い)

西宮を出てから、あまり時間が経っていない。

このまま戻ってもまだ見張りがいるだろう。一人で悠々自適に暮らしていたのに、何とも窮屈になってしまった。

(早く事件を解決させないと。次は……紅妃の南宮に行ってみるか)

主がいなくなってしまった宮に行くのは気が重いが、見るべきものは見なければならない。

鈴花は立ち上がり、木々と岩の陰から陽光の下に出た。


——空は目も眩《くら》むような夏晴れだというのに、南宮はどんよりとした雰囲気《ふんいき》に覆われていた。

普段は季節の花がたくさん咲いていて華やかな場所だが、いまは花たちも萎《しお》れて頭を下げている。

まるで喪《も》に服すかのように。

部外者には近寄りがたい雰囲気だ。

前に踏み出すのを躊躇《ためら》っていた時、どこかからすすり泣きの声が聞こえてくる。

耳を澄《す》ませてみると、庭の大きな石の陰から聞こえてきているのがわかった。

こっそりと近づいて覗いてみると、まだ幼さを残す少女の女官が蹲って泣いていた。

「……大丈夫ですか？」

声量を抑えて、できるだけ優しく声をかけてみる。

「あ……」

戸惑うように上げられた顔は涙で濡れていた。

「ごめんなさい、すぐに片付けに戻ります……」

少女は急いで立ち上がろうとしたが、鈴花はそれを軽く制した。

「立てないときは、急がなくてもいいです。落ち着いて、立てるようになるまで休みましょう」

「でも……ちゃんと働かないと……」

――真面目《まじめ》だ。責任感が強い。立てなくなるくらいに参っているのに、仕事に戻ろうとする。

「私も少し休みたいんですが、隣にいてもいいですか？」

「ふえ？」

鈴花は微笑み、戸惑う少女の隣に座る。

少女が着ている衣は薄紅色《うすべに》だ。紅妃に仕えていた女官だろう。

片付けとは、主のいなくなった宮の整理だろうか。

（随分性急なことだ……何かの手がかりが残っていたとしても、丸ごと片付けられかねないな）

それにしても、あまりにも情のない仕打ちである。

南宮の多くの人々にとって、主の死はいまだ受け入れがたい事実であろうに。

（いや……そんな状況だからこそ、仕事を与えているのだろうか）

泣いて塞ぎ込むばかりでは、心身にも悪い。

「まだ信じられないの……」

ぽろぽろと涙を流しながら、少女は呟《つぶや》く。

「紅妃様は、あの日もとても幸せそうだったのに……」

この女官にとっても、紅珠蘭は優しい主だったのだろう。深く嘆き悲しむほどに。

鈴花は懐から琥珀糖《こはくとう》を取り出した。寒天で固めた甘い菓子を、少女に一つ渡す。

「内緒ですよ」

少女は驚いたようにそれを見つめていた。後宮内でも甘いものは貴重だ。

ゆっくりとそれを口に運ぶと、悲しみに暮れていた少女の顔がわずかに綻《ほころ》ぶ。

——甘いものには心を和《なご》ませる効果がある。

「それでは、私はそろそろ行きますね」

鈴花は立ち上がって少女と別れ、反対側の方角——北の方へ歩き出した。

南宮は、まだ鈴花が立ち入っていい場所ではない。

何かの証拠が残っていたとしても、部外者が見ることは叶わないだろう。

それに、もし重大な発見があれば、とっくに皇帝に報告されているはずだ。

（ここは置いておいて、黒妃の様子も見ておこう）

——黒雪慧《コクシュフィ》。四妃の最後の一人が住む北宮の方角を見つめた。

◆◆◆

北宮の入口では、黒の織物が風に吹かれてゆらゆらと揺れていた。

鈴花は女官になりすましたまま、屋根のある回廊を歩いていく。

（この場所が一番緊張するな）

黒雪慧との交流は皆無に近かったが、何故《なぜ》かずっと目の敵にされていた。宮中儀式で顔を合わせるたびに睨《にら》まれたものだ。

鈴花の元に皇帝が訪れていないのは、黒雪慧も当然知っているはずなのに。

（……いや、よく考えれば私だけではなかったか）

黒雪慧はどの妃にも、敵対心を持っていた。最初に男子を産んだ妃が皇妃になれるという環境だ。黒雪慧にとって、後宮の他の女は、皇帝の訪れがあろうとなかろうと全員敵なのだろう。

（何とも疲れる生き方だ）

家の期待を一身に負わされるとはそういうことなのだろうか。

その刹那《せつな》、北宮の内側から大きな物音が響いた。何かが破壊されるような激しい音が。

鈴花は一瞬足を止め、周囲の様子を確認する。

——幸いなことに、誰もいない。

鈴花はすぐに物陰に身を隠して、北宮の方をじっと見つめた。

（何かあったのか？）

音は一度だけではなかった。鏡か陶器が割れる音が、断続的に響く。

鈴花は気配を隠して北宮に忍び寄り、物陰から耳を立てる。

「こんな物、食べられると思っているの⁉」

激しい怒鳴り声が外まで聞こえてくる。

黒雪慧のものだった。

どうやら、食事に文句があるらしい。昼餉の時間はまだのはずだから、朝餉への文句だろうか。妃の朝は遅いものだが、黒雪慧は特に遅いようだ。

鈴花はより話が聞こえるように、更に近寄った。

「で、では、何をお召し上がりになりますか……？」

怯《おび》えたように、恐る恐る窺《うかが》う声が小さく聞こえてくる。

そして訪れる長い沈黙。

まるで雷の怒号を待つ時間のようで、鈴花まで緊張が高まってくる。

「……生姜《しょうが》の甘露煮《かんろに》」

ぽつりと呟かれたのは、最近宮中でよく出てくる料理だ。

生姜を甘く煮詰めたもので、爽《さわ》やかな後味が夏によく合う。鈴花も好きだった。

確か、今日の朝餉にはなかった。

「すぐにご用意します」

ばたばたと侍女や女官たちが動く音が聞こえる。

鈴花は物陰に隠れたまま、騒ぎが収まるのを待つことにした。下手《へた》に動けば見つかりかねない。女官の姿だから、見つかったところで気にされることはないだろうが、用心のためだ。

（しかし、生姜の甘露煮か）

御膳所に残っていればいいが、一から作るとなると時間がかかるだろう。それまで黒雪慧は待てるだろうかと、鈴花まで不安になってくる。

「……ああ、イライラする」

黒雪慧の独り言には、激しい苛立《いらだ》ちと怒りが燻《くすぶ》っていた。

まるで手負いの獣のように気が立っている。

「帝はどうして白鈴花を投獄しないのよ！」

叫び声が響く。

（私に苛立っているのか……）

どうやら、黒雪慧は完全に鈴花が犯人だと思っているようだ。

怒声は更に続く。

「このわたしに何かあったらどうするのよ……！　早く牢に閉じ込めて、ぐっちゃんぐっちゃんにしちゃえばいいのに」

純粋な怒りのこもった言葉の響きに、背筋がぞっとした。

ぐっちゃんぐっちゃんの意味するところを知りたい。いや知りたくない。

（いまは近づかない方がよさそうだ）

変装しているとはいえ、盗み聞きをしているのが見つからない内に退散するのがいいだろう。

（しかし、あの様子では黒雪慧も犯人ではなさそうだな）

彼女は鈴花が犯人だと信じ込んでいる。

自分が犯人であることを隠すための演技だとしたらたいしたものだが、そこまで腹芸ができるようにも見えない。

黒妃は感情の表現が激しすぎる。よく言えば素直だが、皇妃になるには不安が残る性格だ。

（そう思えば、紅妃が亡くなられたのは大きな損失だな……）

紅珠蘭は、明るく華やかな女性だった。同時期に後宮に入った鈴花にも丁寧に接してくれた。後宮に入った時、鈴花は十三歳、紅珠蘭は十七歳だった。

彼女にも言ったことはないが、姉ができたような不思議な感覚だったことを覚えている。

あれから二年、交流自体はほとんどなかったが――……

後宮の華を失った痛みを、いまさらながら思い知った。

きっと彼女こそが、最も皇妃に相応しかった。皇妃になれるかどうかは、龍器を産めるかどうかにかかっているが。

（二年……二年か。そろそろ誰かの懐妊の話が聞こえてきても良さそうなものだが）

あまり気にしていなかったが、いまだにそんな話は聞こえてこない。

（……まあ、まだそこまで気にすることではないか……できることなら早めに生まれてほしいが）

そして何事もなく育ってほしい。皇帝も御子《みこ》も元気なままで。

自分の命を惜しく思ったことはないが、皇帝の代わりに死ぬなんてこと、可能ならば回避したい。

その時、北宮から若い女官が飛び出してくる。あまりにも慌てていたのか、わずかな段差につまずいて派手に転ぶ。

激しい衝撃だったのか、そのまま地面に突っ伏したまま動かない。

鈴花は物陰から出た。隠れているつもりだったが、身体が自然に動いた。女官に近づき、手を差し伸べる。

「大丈夫ですか?」

「あ……すみません……」

女官はよろよろと顔を上げ、上半身を起こす。

そして鈴花の手を取ろうと右手を伸ばす。

その瞬間、袖《そで》が落ちるようにめくれ、女官の腕の爛《ただ》れた痕が見えた。

「あっ、これは、軽い火傷《やけど》ですから――」

慌てたように顔を伏せて、聞いてもいないのに言う。そして自力で勢いよく立ち上がり、袖を直し、急いで天寧宮の方へ走り去っていった。御膳所に生姜の甘露煮を要望しに行くのだろう。

(怯えすぎだ……主がそんなに怖いのか?)

実家から侍女も女官も連れてきていない鈴花には、従者たちの苦労はよくわからない。

もしそれを持つ日が来たら、せめて働きやすいようにしてやろうと思った。

そうこうしている内に、太陽が強く輝き始める。もうすぐ昼餉の時間だ。

(そろそろ戻っておこう)

鈴花は回廊を下り、天寧宮の裏――蓮が咲く池の前を通る。

北宮から西宮に繋がる廊下はない。近道するには地面の石畳の道を歩く必要がある。

(それにしても、この後宮の広いこと)

後宮の中央には皇帝が使用する天寧宮がある。金色の屋根と白壁が特徴的な、豪華な宮だ。

そして、天寧宮を取り囲むように四妃の宮がある。後宮の周囲は高い壁で覆《おお》われていて、北側の壁の向こうには森が広がっている。

そしてその森の中に、また高い壁が後宮を囲むように存在する。

後宮は、二重の壁で囲まれている。それは外部からの侵入や視線を一切遮断するものであり、同時に、中の女たちを逃がさないためのものだ。

——後宮は巨大な鳥籠であり、巨大な密室だ。

(外部からの侵入は難しい。普通に考えれば、紅妃を殺害したのは内部の者だが……一応、あとで内壁の点検もしておくか)

どこかに穴が開いているのかもしれない。森の動物が時折中に入ってくるのを見かけるので、その可能性は高い。

問題は、穴の大きさだ。人が通れるぐらい大きいものが開いていたら最悪だ。密室の前提が崩れ、容疑者が一気に増加する。

鈴花はため息をつきながら、池を見つめる。

池の周囲には誰もいない。

元々ほとんど人の通らない場所だ。しかもあんな事件があったばかりだから、皆、遠ざかっているのだろう。

(——動機に、殺害方法……そもそも何故、殺されたのか……紅妃はどうして池にいたのか……自分で来たのか、誰かに誘われたのか、それともどこかで殺されて運ばれたのか……)

死体発見時に踏み荒らされたことで、池の周りには血痕以外の手掛かりが残っていない。

死者に訊《き》いてみても、彼女は何も語らなかった。

残念ながら、これ以上この場所を調べる必要はなさそうだ。


西宮に近づいていくと、誰かがその周囲を動き回っているのが見えた。

黒い服を着た黒髪の青年——焔だ。

どうやら鈴花が命じた通り、箒《ほうき》を持って掃除をして回っているらしい。

鈴花は声を上げかけたが、自分が女官の格好をしていることを思い出して黙る。

(なんという、素直さ……)

焔は真剣な表情で、箒を動かしている。少しばかり雑ながらも、力強く石畳の埃《ほこり》を払う音が、心地よく響いていた。

——頭が、くらくらする。

(なんて大きな音だ……誰かがいるのが丸わかりだな)

一瞬焔と目が合いそうになり、鈴花はすぐに顔を隠すように頭を下げた。

そのまま足を早めて、焔の近くを通り過ぎる。

幸い、声をかけられることはなかった。

ほっとして、西宮の扉を開け、逃げるように中に入る。

しっかりと扉を閉めて、鈴花は大きく深呼吸をした。

(——焦った……)

心臓が破れそうなくらいどきどきしている。

（……まさか本当に掃除をしているなんて……）

職務に忠実ならば、見張りを継続していると思っていた。

もしくは引きこもってばかりの妃を監視する価値はないと判断して、あるいは別の用事があって、とっくに帰っていると思っていた。

なのに、冗談で命令した掃除を本当にしているなんて。

（命令に忠実なことだ……）

真面目なのか、やることがないのか。何とも扱いに困る。

鈴花はすぐに部屋に戻って女官服を脱ぎ、幻術を解いて髪と瞳の色を戻した。

鏡に、白い髪に赤い瞳の姿が映る。

ちゃんと元の姿に戻っていることを確認して、白妃の衣に着替え、女官服を大切に行李に入れた。

それを寝台の奥に押し込んで、息を整える。

気を取り直して宮の窓から庭を覗くと、焔が鈴花を見上げた。

しっかりと、目が合う。

「ご苦労。見違えるように綺麗《きれい》だ」

ねぎらうと、焔は何故かどこか嬉《うれ》しそうな顔をする。

「なかなか懐かしい感触だった」

「それはよかった」

「一度戻る。あとでまた来る」

箒の柄を肩にかけながら言う。

（もう来なくていい）

心の中で思っていると、焔が顔を顰《しか》める。

「おい、顔に出ているぞ」

「それは失礼。だが、来てもらっても頼むことはない」

――あるとすれば、後宮を取り囲む内壁の調査ぐらいだ。

そして、それこそ頼むに相応しい用事だ。後宮は広い。内壁をぐるりと点検するだけでも、それなりに時間がかかる。

だが、いまの段階で思考を他人に知られたくない。何を疑っているのか、何を知りたがっているのか、おいそれと口に出すことはできない。

まだ、鈴花は焔のことを信用していない。

――この者が自分の味方である保証なんてない。

「池の水を浚《さら》うでも、宮の下に潜るでも、なんでもするが？」

「それは確かに誰かに頼みたい仕事だが、いまのところは必要ない」

鈴花はちらりと焔の剣を見た。

「時間が余っているのなら、剣の稽古《けいこ》でもしていたらどうだ」

「いいのか？」

焔の目が輝いた。まるで子供のように。

「好きにしてくれ」

強い疲労感を覚えながら、ため息交じりに言って窓から離れた。そのまま寝台に行き、ぱたりと倒れ込む。

（まったく、調子を狂わされる……）

皇帝にも、焔にも。

後宮に来てからこんなに調子を狂わされたのは初めてだ。

いままでは本当に何事もなく、空に流れる雲をのんびりと見つめて過ごしてきた。

皇帝が宮に訪れることもなく、権力争いに巻き込まれることもなく、平和で退屈な日々を過ごしていたというのに。

軽く目を閉じると、窓の外から、爽やかな風が吹き込んでくる。

外の森からの風には、鳥たちの歌声が紛《まぎ》れていた。

その風も、その歌声も、数日前と何ら変わらないのに。

――紅妃の死で、色々なことが変わってしまった。

鈴花は、目を閉じ、一時の休息に身を委ねた。

少しすると、昼餉が運ばれてくる気配がする。

身体を起こして待っていると、後宮女官が膳を運んでくる。

美しい磁器の皿に盛られた昼餉は、海老《えび》と茸《きのこ》の入った春雨、鶏《とり》胸肉の蒸し物、蒸し餅《もち》、生姜の甘露煮、果実の寒天寄せ、そして花茶だ。

特に、生姜の甘露煮が、夏の暑さを忘れさせるような爽やかな風味で絶品だった。

◆◆◆

午後になると、焔は再び西宮に現れた。

あれだけ言ったのだから、もう来ないのではないかという期待は、あっさりと裏切られた。

「何故また来た」

疑問をそのままぶつけると、焔は表情一つ変えず、言う。

「そちらが言ったんだろう。剣の稽古でもしておけと」

そうして、宮の広い庭――外からは見えない位置で、剣の稽古を始める。

(ここでしろとは言っていない……)

剣の稽古などどこでもできるだろうに、どうしてわざわざこの場所でするのか。形だけでも皇帝の命令を聞いているつもりなのだろうか。

呆《あき》れながら眺めていたが、いつの間にか真剣に見つめていた。

焔の剣は、流れる水のように滑《なめ》らかで、まるで舞うように、そして時に滝のように力強い。

鈴花には剣の巧拙などわからない。だが、手慣れたものだとは思う。身体に完全に馴染《なじ》んでいる。

一朝一夕で身に付けたものではない。何年も、何年もかけて、身体と魂に刻まれたものだ。

――美しい剣だと思った。

だがどこかに、迷いも見える。若さゆえか。それとも本当に悩みがあるのか。

綺麗な剣だけに、その淀みがよく見えた。

(……しまった……見入ってしまっていた……)

何かとてもいけないことをしているような気になり、鈴花は別のことを考え始めた。

「焔、お前は女をどう口説《くど》く？」

せっかく貴重な男がいるのだ。試しに意見を求めてみると、焔は慌てたように剣を取り落としかける。

「なんだいきなり。口説いたことなんかない」

鈴花の方を見ないまま、焦ったように言う。

「黙っていても向こうから来るということか？　なんとまあ……花を贈ったり、文を贈ったり、宝石や髪飾りを贈ったりしないのか？」

「……そういうことをされると嬉しいのか？」

逆に訊かれ、鈴花は首を傾《かし》げた。

「嬉しい女は多いだろうな。普通の男はどう口説いているものなんだ？」

南宮の女官から聞いた「あの日も紅妃は幸せそうだった」という証言が少し気になっていた。

単純に考えると、妃の幸せは皇帝関連のことではないだろうか。

（いや、食事に好物が出ただの、とても体調がいいだの、色々あるかもしれないが）

後宮の女たちは次代の龍器を産むために存在する。だから皇帝関連のことと考えるのは当然の流れであり、そして、紅珠蘭はその夜に殺された。何かあったと考えるべきだ。

「知らん」

「知らぬなら仕方ないか……そういうことに詳しい人物を手配してくれ」

依頼すると、じっと見られる。

「本当に必要なのか、それは」

「……いや、別に。よく考えてみれば、必要のないことだ」

普通の男が女を口説くときの方法など、知っても何の参考にもならない。

「皇帝に聞いてみてくれ。いつもどうやって妃を口説いているのか」

「知らん」

焔は疲れたように大きく息をつき、また剣を振り始めた。

取り付く島もない。

(……仕方ない。本人に聞いてみることにしよう。調査に必要だと言えば、教えてくれるかもしれない)

鈴花も寝室に戻り、再び寝台に身を委ねた。

——蒼月瑛の文には、夜に話がしたいと書かれていた。

返事は昼餉を持ってきてくれた女官に託してある。

夜に備えて一度眠ることにする。


夕餉《ゆうげ》が運ばれてきた気配で目が覚め、手早く食べて身支度をする。

焔はとっくに帰っていったようだった。

(あの男からすれば、私は一日中閉じこもって何もしていないように見えているだろうな)

皇帝へどのように報告するだろうか。

それを聞いた皇帝はどんな表情をするだろうか。皇帝の顔を知らないので想像できないが、ほんの少しだけ、愉快な気分になる。

（さて、そろそろか）

夜の静寂が深くなる中、鈴花は西宮を出た。ゆったりとした足取りで東宮へと向かう。

月の光が照らす回廊は、金の灯籠によって美しさを増していた。灯籠の中の炎が、ゆらぐ影を描き出している。

白を基調とした衣は、月光と灯籠に照らされてより一層輝きを増していた。

光と闇の中を歩み、天寧宮の前を通り、東宮へ。道中に誰かと出会うことはなかった。

回廊の終わり――東宮の前まで来ると、まるで鈴花を待っていたかのように扉がゆっくりと開く。

その先には、月の仙女のような蒼月瑛が立っていた。

淡い香りと、宮に灯《とも》る暖かい光が、鈴花を歓迎していた。

「お待ちしておりました、白妃様」

宮の中の、蒼月瑛の部屋に招かれる。

部屋は柔らかな明かりで満たされ、金や銀の装飾品、透明な水晶でできた蓮の花の置物、そして見るからに高価な織物で飾られていた。鈴花の殺風景な部屋とはまるで違う。

部屋に侍女や女官はいない。人払いをされて、二人きりとなる。

蒼月瑛は、鈴花の前で自ら茶を注いだ。

紅に染まる茶の中には、ふわふわと花びらが浮かんでいる。

鈴花はその花びらをしばらく見つめながら、固まっていた。何を話せばいいものか、と。

鈴花は社交性を持ち合わせていないため、気の利いた話題を思いつけない。

聞きたいのは紅珠蘭の事件のことだが、内容が内容だけにいきなり切り出す話題でもない。無難な天気の話などを切り出すのも、いまの状況では不自然に感じた。

「わたくし、貴女《あなた》とずっとお話ししたかったんです」

言葉に窮《きゅう》していると、蒼月瑛が微笑みながら言った。

「私と？」

「はい。白妃様はとても美しいですもの」

「ありがとうございます」

蒼月瑛の方がよほど美しい。そう思いながらも礼を言う。

「まるで仙界の銀嶺に咲く一輪の花のような繊細な美しさ。わたくし最初にお会いした時から、貴女から目が離せないのです。きっとこの世の誰もが心を奪われてしまいます。それに、白妃様の琴《こと》、あの音色はまるで天からの音楽のようでした。天女が舞い降り、光の花が降っているかのようでもありましたわ。ええ、わたくしにはしっかりと見えました」

話す勢いが止まらない。蒼月瑛の瞳はきらきらと輝いていて、頰《ほほ》がわずかに上気していた。

単なる世辞以上の迫力と勢いに呑まれ、鈴花は言葉を失う。

「普段の優雅な振る舞いや品格も、詩や書の深さも、わたくし触れるたびに感動に打ち震えておりますの。先日の詩会でも、とても見事でしたわ。雨は憂鬱《ゆううつ》や哀《かな》しみをもたらすだけでなく、大地にも人の心にも、成長や変化、更には美しさをも生む力があるという深さ——わたくしあの詩を聞いて、雨がとても好きになりました」

蒼月瑛はそこまで言って、ふぅ、と小さく息をついた。

「……ありがとうございます。蒼妃にそこまで見ていただけていたなんて、恐縮です」

「誰もが白妃様に夢中ですわ。──帝も、白妃様のことを大変気にかけていらっしゃいますし」

含みがある言い方だった。

「私は、皇帝とは何もありませんが」

「何もないからこそ、存在するものもあるのではないでしょうか？」

謎かけのように言う。だが、ないものはない。いま皇帝が鈴花に対して抱いているのは、紅珠蘭の殺害に関わっているのではないかという疑念だけだろう。

(他にあるとすれば、壊れてはならない道具──くらいだ)

鈴花は自分の立場をよくわかっている。

「白妃様に心を奪われないものなど、過去にも未来にもおりませんわ」

鈴花はあらゆる意味で居心地《いごこち》の悪さを感じながら、何とか口を開いた。

「……本日こちらに来たのは、文をいただいたからです」

本題に入ってくれないのなら、こちらから単刀直入に訊くしかない。

「紅妃の件について、何かご存じなのではないですか？」

「…………」

蒼月瑛は優雅に微笑み、鈴花の目をしっかりと見つめた。

その視線がふと北の方へ向かう。

「それにしても、北は毎日賑《にぎ》やかなことですわね」

静かな夜の中に、蒼月瑛のやや白々しい声が響く。

北の方には黒妃の北宮がある。確かに時折賑やかだが、流石《さすが》にここまでは音は聞こえてこないだろう。風向きによってはありえるかもしれないが、いまは静かなものだ。

「黒妃様、もしかしたら身ごもっているのかもしれませんわね」

「……え？」

「ただの勘《かん》ですけれど。ですがもし男子が無事に生まれたら、待望のお世継ぎの誕生ですわね」

「…………」

軽く衝撃を受ける。

皇帝は月にそれぞれ三度ほど、妃たちの寝所に訪れる。――鈴花以外の妃たちのもとへ。

あまり考えないようにはしていたが、何が行われているか、わからぬはずがない。

（……本当に、私が心配することではなかったな）

大変結構なことだと思う。

思うが、なんとなく、居心地が悪い。

（――黒妃の気が立っていたのは、そういうことか）

わかってしまえば何の不思議もない。子を守るためならば、母親はすべてを警戒するだろう。

「本当にそうなら、とても喜ばしいことですね」

心の動揺を隠しながら答える。それは本心でもあった。

――五年前に起きた『紫涙《しるい》の変《へん》』と呼ばれる異変で、当時の皇帝を始め、皇族たちがごく短い期間で、次々と命を落とした。唯一生き残った男子が、いまの皇帝だ。

後宮の人員も一新され、空座になった四妃の一人に、白家の鈴花が据《す》えられた。

——また異変が起こった時に、迅速《じんそく》に皇帝を蘇生《そせい》させるために。

できるなら、そんなことは起きてほしくない。皇帝も、新たに生まれる皇太子も、健《すこ》やかに長生きしてほしい。

蒼月瑛はたおやかに微笑み、再び北に視線を向ける。

「それにしても賑やかなこと……そういえばあの夜も、奇妙な風の音が聞こえたような」

その先には北宮が——そして更に先には森がある。誰も近づかない森が。

(……あの夜の風は、南西からだった。東宮にいる蒼妃に、北からの音が聞こえるはずがない……北を、調べてみろということか)

東宮を出た鈴花は、いったん自分の宮に戻り、動きやすい服に着替えて再び外に出た。

夜の暗さに紛れながら、月明かりを頼りにして、北へ向かう。

恐れはなかった。鈴花にとって、夜の闇は恐れるものではない。それに今宵《こよい》の月は眩《まぶ》しいほどで、松明《たいまつ》も必要なかった。

(それにしても、寂れたものだな)

ここまでやってきたのは初めてだ。華やかな中心部と比べて、まったく手入れがされていない。同じ後宮とは思えないほどひっそりとしている。

しばらく移動して、ようやく後宮を覆う内壁に辿《たど》り着く。

鈴花は休むことなく、用心深く壁の周囲を確認していった。何か異変がないか、と。本当なら昼間にやるべきことだが、気が急《せ》いてじっとしていられなかった。

ふと、ざわざわと生き物が動く気配がした。

そちらの方向を注視すると、黒くて小柄な丸い動物が、暗闇の中で目を光らせていた。

「……たぬき？」

次の瞬間、狸《たぬき》はものすごい勢いで逃げていく。

鈴花が追いかけると、狸は這《ほ》う這《ほ》うの体《てい》で壁に近づき、下にぽっかりと開いている穴を潜《くぐ》って外に出ていった。

（まさか後宮内に狸がいるとは……）

狸が出ていった穴を見つめる。壁の一部が崩壊していて、そしてそのすぐ下の土が掘り起こされている。獣の仕業か、はたまた人の仕業か。

横の方に、上に立てかけられていたらしい古びた板が倒れていた。

どうやらこれで穴を目隠ししていたらしい。

大柄な男は通れそうにないが、小柄な女や子供ならいけるだろう。

そして予想通り、穴の周辺には獣の蹄痕《ひづめ》と共に、人が通った痕跡がはっきりと残っていた。

（着替えてきてよかった）

鈴花は身を屈《かが》め、慎重にその穴を潜り抜ける。

すんなりと穴を抜けた先は、本当の森だった。

空気がしっとりと湿っていて、土と緑の匂いが濃く感じられる。どこからか花の香りもする。

ここも、外壁に囲まれた城の敷地の一部のはずだ。だが、長らく放置されていたせいで森に侵食されている。草は自由に生い茂り、木々は勇ましく枝を広げ、虫や小動物たちの気配もあちこちから感じられた。

豊かな草の中には、獣道が通っていた。

鈴花はその道を歩いていく。靴底《くつぞこ》が柔らかな土に沈む感触が、何とも言えず心地よかった。

(さて、鬼が出るか蛇が出るか)

そして、焚火《たきび》の跡を見つける。

焦げた木の匂いが鼻を突き、灰色の痕跡が地面に広がっていた。

——これは、獣の仕業ではない。

鈴花は焚火の跡にそっと手を伸ばす。すっかり冷めている。

そして、燃やしたかったであろうものは、燃え切っていなかった。

(雑な仕事だ)

鈴花は灰と燃え残りの中から、大きな布の塊《かたまり》を引き出す。

もし、これを燃やした何者かが、後で確認しに来たとしても、獣が荒らしたと思うだろう。

布を広げる。焼け焦げているのは、白い布だった。上質な絹に、銀糸で細やかに施された刺繍が見えた。

そして、血の痕と、刃物で引き裂《さ》かれた痕跡が生々しく残っていた。

「まったく。替えが少ないというのに」

それは、皇帝から下賜された、数少ないものの一つ。

事件の前に盗まれていた鈴花の衣だった。

◆◆◆

夜が明ける前に、鈴花は西宮に戻ってきた。森で染みついた土や汗を、濡らした布で丁寧《ていねい》に拭《ふ》き取る。

そうしている内に、外が明るくなってくる。

鈴花は窓から夜明けの景色を眺めた。空は透き通るような青に染まり、その美しさと清らかさにしばし目を奪われる。

どこにいても、空は美しい。

故郷にあっても、都にあっても、後宮にあっても。

その後、朝餉を運んできた女官に湯浴《ゆあ》みの準備を頼む。普段は昼間に入るが、今日は早いうちに入りたかった。

湯が沸かされるのを待つ間に、食事を取る。

今日も豪華で丁寧な食事だ。そのありがたさを噛《か》みしめながら、完食する。

(昨日もだったが、今朝の生姜の甘露煮も絶品だったな。この季節によく合う)

宮で湯浴みをしてから女官の格好に着替え、御膳所へ膳を戻しに行く。御膳所は朝の忙しさで賑わっており、多くの女官や下女たちが行き交っていた。

鈴花は膳をいつもの所定の場所に置いた。そのまま少し待っていると、鈴花の元へ料理人の一人がやってくる。

「どうかしましたか？」

「白妃様から、今朝の生姜の甘露煮はいつも以上に美味《おい》しかったと伝えてほしいと言われました。いつもありがとうございます」

料理人の緊張がふわりとほぐれる。

しかしその目の奥には、淡い悲しみが滲んでいた。

「気に入っていただけてよかったわ。紅妃様もこれがお好きだったのよねぇ……」

「そうだったんですね……」

「もう作るつもりはなかったのだけれど……黒妃様からご希望があったから、また出すことにしたのよ」

「……黒妃様も、以前からお好きだったのですか？」

「いいえ。以前はほとんど残されていたわ。もしかしたら、とてもおめでたいことかもねぇ……」

「どういうことですか？」

首を傾げて問うと、料理人はこっそりと手招きし、耳元に顔を寄せた。

「おめでたいことになるとね、味覚が変わるのよ。酸っぱいものが好きになったりね。おっと、このことはあんまり言いふらしちゃだめだよ」

料理人は意味深な笑顔を浮かべ、膳を回収してまた仕事に戻っていく。

（おめでたいことと言えば、懐妊のことだろうが……身ごもると、味覚が変わる……蒼妃の勘が当たったということか……）

御膳所を出た鈴花は、女官の姿のまま黒雪慧の住む北宮に向かう。

対応に出たのは、まるで石像のように表情のない女官だった。

「白妃様が、お話ししたいことがあるとおっしゃっているのですが――」

「黒妃様は具合が悪いので、しばらくはお会いできないとお伝えください」

言って、宮中に戻っていく。その態度の冷たさは、冬の風が吹き抜けるようだ。

(まあ、当然か)

黒雪慧は紅珠蘭殺害の犯人が白鈴花だと信じている。

その動機も嫉妬と考えているのなら、自分も殺されるかもしれないと思っているのだろう。

白鈴花が対面を求めたところで、応じてくれるはずがない。

更に、身ごもっているのなら、警戒心は最高潮に達していることだろう。どうしても無事に産まなければと思っているはずだ。御子が生まれれば、黒雪慧が皇妃になる。そして黒家の力も増す。皇帝の外戚となる好機を逃す手はない。

家のためにも、自分のためにも、警戒するのは当然だ。

(……懐妊しているかどうかも、女官に訊いても教えてもらえないだろうな)

腹が目立ち、正式に公表されるまで、北宮は隠し続けるだろう。

鈴花はその場を後にし、天寧宮の裏側の庭を通り抜けて西宮に向かった。

(――あと、一歩)

真相のすぐ近くまで迫ってきている実感があるのに、あと一歩が足りない。

池の横を通るとき、ふと、あの夜に見た紅珠蘭の残像が脳裏に浮かんだ。

あの時の紅珠蘭は、小さく身体を丸めていた。まるで、何かを庇《かば》っているように。

(――あれは、腹を庇っていなかったか?)

その考えに至った瞬間、身に宿す鈴が鳴ったような気がした。

◆◆◆

西宮に戻った鈴花は、白妃の格好に着替えて、焔の来訪を待つ。

彼は今日もちゃんと来た。

複雑な胸中になりながらも、焔を宮の中に入れる。皇帝以外入れるわけにはいかないと言ったのは鈴花だが、どうしても誰にも聞かれたくない話があった。

ただならぬ雰囲気に、彼も感じるものがあったらしい。立ったまま何も言わず、鈴花の言葉を待っていた。

「――紅妃を検死してほしい」

要求を伝えると、焔は眉をひそめた。

「遺体を暴く気か？」

彼の不審はもっともだ。死者への冒瀆《ぼうとく》は許されない。

だがそれでも、どうしても確認しておかなければならないことがある。

「調べてほしいことは一つだけだ」

鈴花が内容を伝えると、焔はしばらく黙って考えた後、頷いた。

「……わかった。そのように伝える」

そう言って帰っていった焔は、その日の午後に戻ってきた。頼んだ通り、検死の結果を携えて。

その表情は朝見たときと変わらない、暗く重苦しいものだった。

「白妃の言ったとおりだった」

「そうか」

鈴花は淡々と答えた。

想像していたこととはいえ、鉛を飲んだかのように身体が重苦しくなる。

「――腐敗が進んでいなかったから、検死できたらしい」

――あの池は、北の山岳の雪解け水が湧いて出てきている。一年を通して水温が低く、水が清く澄《す》んでいる。死体が安置されている場所も、夏でも寒いほどの場所らしい。そのことが腐敗の進行を遅らせたのだろう。

そのことは、幸運だったが。

(最悪だ……ただただ最悪だ……だがこれで、大方の材料は揃《そろ》った)

これで、皇帝に報告ができるのに、頭の奥がガンガンと痛む。

「あとは……胃から、妙なものが出てきた」

焔が鈴花に見せてきたのは、おそらく紙だった。墨で何か書かれているが、どろどろになっていてわからない。

それを見て、鈴花の中でまた一つ繋がった。

「……焔。皇帝に、話がしたいと伝えておいてくれ」

「わかった。では夜に」

——夜。

約束の時間が近づき、鈴花は天寧宮に向かう。回廊を進んでいると、宮廷の方から天寧宮に向かって進んでいく一団の姿に気づいた。

鈴花は反射的に柱の陰に隠れ、気配を消した。

（誰だ……？）

——妃の誰かではない。

次の瞬間、鈴花は一団の中央にいる人物に気づいた。

（まさか——皇太后？）

——皇帝の母である皇太后。皇帝に次ぐ権力者である彼女が、どうして夜分に後宮に来ているのか。普段は宮廷の方に住んでいて、こちら側に来るなんて滅多にないのに。

（……天寧宮で顔を合わせたくないな。皇帝を誑《たぶら》かそうとしているとか勘違いされたら最悪だ）

——しかも鈴花はいま、紅珠蘭——皇太后の姪《めい》殺しの容疑者筆頭である。

紅家出身である皇太后は、紅珠蘭をとても可愛《かわい》がっていた。紅珠蘭が無事皇妃となれば、二代続けて皇妃を輩出した紅家は当分の間安泰だっただろうに。

このまま冤罪《えんざい》が確定してしまったら、命は奪われなくても二度と日の目を見られなくなるだろう。恨みをまともにぶつけられ、死なない程度の責め苦を与えられ続けるかもしれない。

それはとても嫌だ。

今夜は引き返すべきか——だが、皇帝との約束を破るわけにはいかない。迷いながら一団の姿を盗み見るが、彼女たちは何故か天寧宮に入っていかない。何やら警備の人間と揉《も》めているらしい。

少しの間、押し問答をしていたようだが、一団は諦めたように廊下を戻っていった。

去っていくのを確認し、鈴花は安堵のため息をつく。

（皇帝が呼んだわけではなかったか……ならばいったい何をしに来たのか……皇帝に何かを言いに来たのには間違いないだろうが……）

去っていく一団を見ながら、鈴花は小さく笑った。

（しかし、追い返すとはな。私との約束を優先したか？）

完全に姿が見えなくなってから、天寧宮に向かう。

鈴花は入口で止められることもなく中に通され、あの日と同じ部屋に案内される。包み込むような静寂も、淡い香りも、変わっていない。大きな緞帳が部屋を中央で隔てており、向こう側の皇帝の姿がぼんやりと見える。

部屋には他に誰もいない。侍女も近侍も宦官も。

何もかも、あの夜の続きのようだ。

——皇太后のことを一瞬確認したくなったが、胸に押し止《とど》める。余計なことには関わらないでいるべきだ。

鈴花は緞帳の奥に、必要な問いを向ける。

「帝は、妃たちに文を送る習慣はありますか？」

「たまにな」

あっさりと認められ、鈴花は軽く衝撃を受けた。

（私はもらったことがないが……？）

ある程度予測していたとはいえ、複雑な気持ちだった。

皇帝は続ける。

「儀礼的なものだ」

「そうですか」

——儀礼的なものさえもらったことがないが。

皇帝はずっと鈴花に無関心だった。

公的な儀式や行事の時に言葉をもらうことはあるが、特別なものは一切ない。贈り物を受け取ったこともない。時折、必要な衣装を受け取るくらいで。

蒼月瑛が皇帝は鈴花のことを気にかけていると言っていたが、やはり彼女の勘違いだろう。

「それがどうかしたか」

黙った鈴花を促すように、皇帝が言う。

「はい。これですべての謎が解けました」

謎を解くための最後の欠片《かけら》が手に入った。

「細かいところは推測が入りますが、大筋は間違ってはいないと思います。期限よりずいぶん早いですが、お話ししてもよろしいでしょうか？」

訪れたのは、沈黙だった。

長い沈黙が続いた後、緞帳の奥が揺らいだ。

「——いや。どうせなら皆の前で披露《ひろう》してみせろ。ちょうど月華燈舞がある」

月華燈舞。

夏の夜、月の下で、後宮妃たちが舞を捧《ささ》げる行事だ。

紅妃の死による喪中のため、今年は中止になると鈴花は思っていたのだが。

（圧力をかけてくるか……いい性格をしている）

だが、いいかもしれない。

事件の真相を公にする場として、月華燈舞の場は効果的だろう。

それに、相手の反応を見ながら推理できる。反応次第で修正していってもいい。

推理が間違っていたら破滅《はめつ》するのは、場所がどこであろうと、観衆が増えようと同じことだ。

だが――

検死結果は皇帝の耳にも届いているはずだ。

なのに、そんな機会を設けようとするなんて。

「――後悔なさらないでくださいね」

「後悔ならずっとしている。増えたところで、そう変わらん」

「では、舞台の位置は、あの池の前にしてください」

部屋の空気が一瞬冷たいものになる。

皇帝は、紅珠蘭が見つかった池をすぐに思い浮かべたようだった。

――真相を明かす場として、あれ以上の舞台はない。

皇帝は心情を感じさせない声で「ああ」とだけ、言った。

「最後にもう一つだけ、お聞きしてもよろしいでしょうか？」

「申してみよ」

「どうして、私に犯人を捜させたのですか？」

皇帝はずっと鈴花に無関心だった。

しかも容疑者候補に挙がった本人に、どうして謎解きをさせようと思ったのか。

その真意をずっと聞いてみたかった。

「白妃だけは、絶対に犯人ではないからだ」

「………」

当然のように言われた言葉に、鈴花は目を丸くした。

どうしてそんなことを言えるのか。

（私のことなど何も知らないくせに）

知ろうともしてこなかったくせに。

それでなくとも、人の心なんて複雑で移ろいやすいものだ。本当の心なんて誰にもわからない。本人にさえ。虫も殺さないような人間でも、道理があれば人を殺す。このような地位にいる人間が知らないはずがない。

（……それでも、そう信じられているくらいには、見てもらえているということか？）

少なくとも、皇帝の中の鈴花は、そのような人物なのだろう。

口の端に笑みが浮かびそうになる。

「それでは、その信頼に応えてみせましょう」

◆◆◆

月華燈舞の夜は、よく晴れていた。

雲一つない空に月が高く昇り、池に銀色の光が映り、急ごしらえの舞台の周辺には月光桂花《けいか》の甘い香りがどこからともなく漂っていた。

後宮の人々、宮廷の高官たち、数々の侍女や宦官たちが、特別な儀式のために集まっていた。

穏やかな空気の中には、わずかな緊張感が漂っている。

なにせ、凄惨な事件が起きた現場の前だ。しかもまだ犯人が捕らえられていない。

何故わざわざこのような場所で——誰もが、笑顔の下で皇帝の真意を探っていた。

鈴花はその様子を、舞台横の車箱の中から見つめていた。儀礼用の舞装束で。

隣の車箱には蒼月瑛が乗っている。妃の中で、黒雪慧だけが舞衣装に着替えず、席に座ったままだった。彼女は体調不良のため、今回は舞わないことに決まっていた。

もちろん、皇太后もいない。彼女は後宮の催しなどには姿を見せない。

——紅珠蘭の他の関係者たちも、当然いない。彼ら、彼女らは喪に服している。

それに、紅珠蘭を殺した疑いのある鈴花と同じ場所にはいたくないだろう。

(その方がいい)

鈴花は月を見上げる。

(……やはり、外はいいな)

鈴花は皇帝の元に行った日から今日まで、西宮から一歩も出ずに過ごしてきた。西宮周囲に物々しく警備兵が配置されていたためだ。

鈴花が皇帝に頼んだことだった。真相を披露する前に、真犯人に自殺にでも偽装されて殺されてしまえば、鈴花は守りたいものをすべて失う。

警備兵に囲まれることで、鈴花は軟禁状態になったが、同時にそれは鈴花を守る壁となった。

(だが、二度とあの状況には戻りたくないものだな)

楽師が音楽を奏で始め、月華燈舞が始まる。

まず、蒼月瑛が舞台の中央に進み出て、音楽に合わせて優雅な舞を見せる。

青い衣が風になびき、彼女の動きに合わせて踊っている。まるで天女が降りてきたかのような華やかさだった。

音楽と共に舞が終わると、盛大な拍手がその見事さを称《たた》える。

そして、鈴花の番がくる。

(――さて、始めようか)

鈴花が舞台に進み出ると、再び音楽が奏でられ始める。

美しく、どこか悲しい旋律。その音に合わせ、何枚も重ねた白い薄絹を揺らし、舞う。

吹き抜ける風で衣がひらひらと揺れ、月光に触れて輝く。

舞の最中に突如、風が強くなる。

灯《あかり》が揺れ、光が揺れ、月光桂花の花びらが、ふわり、ふわりと舞い上がる。

鈴花は音楽と風に合わせ、花弁と月光を纏った。髪も衣も、すべてが白銀に輝いた。

舞が終わった後、大きな拍手が鳴り響く。長時間鳴り続けるそれが、鈴花の舞を賞賛していた。

鈴花は舞台の上から皇帝に向かって深く一礼した。

「大変見事であった。褒美《ほうび》を取らす。なんでも言ってみるといい」

御簾《みす》の奥から響く皇帝の声に、鈴花は微笑む。

「では、皆様方の貴重なお時間を少しだけいただきたく思います」

再び深く一礼し、黒雪慧のいる場所を見つめる。

「――黒妃。ご懐妊、おめでとうございます」


場の空気が一変した。

ざわめく気配の中、黒雪慧の怒りの眼差《まなざ》しが鈴花に向けられる。

当然だ。こんな重大なことを勝手に公表されたのだから、怒りもする。

もっと大々的に発表され、惜しみない祝福が国中から寄せられるはずだったのに。その未来を無遠《ぶえん》慮《りょ》に潰されて、怒らずにいられるものか。

「――この場をお借りして、あの夜の話をいたしましょう」

一瞬で場が静まり返る。あの夜と聞いて、惨劇を思い出さない者は、この場所にはいない。

鈴花は黒雪慧の背後にいる、一人の女官を見つめる。腕に巻いた包帯の一部が、袖から見えてしまっていた。

火傷をしていた女官だ。

彼女の顔はひどく怯えていたが、その周囲の侍女や女官たちは落ち着いたものだった。まるで石像のように。

「――紅妃を殺したのは、黒妃の侍女の方々です」

――場が、凍りつく。

静寂の中、侍女たちは表情一つ変えない。

仮面のような顔の内にある本当の感情は、鈴花にはわからない。

「でたらめを！」

鈴花の言葉に反応して動いたのは侍女たちではなく、その主である黒雪慧だった。

凛《りん》と立つ姿は、貴族の娘として、そして未来の皇妃として、相応しい威厳に溢《あふ》れていた。

細い手でしっかりと腹を庇って、鈴花を睨む。

「そんなひどいことができる者たちではないわ。証拠はあるの？　動機は？　何の確証もなくわたしたちを疑うというのなら――」

「続けろ、白妃」

皇帝の声が黒雪慧を黙らせる。

鈴花は頷き、続けた。いまは鈴花の持ち時間だ。

「行いは惨《むご》いものでしたが、それを犯した者たちが残忍とは限りません」

「あんな殺し方をしておいて、か？」

皇帝の声は静かだったが、深い怒りが滲んでいる。

紅珠蘭の身体には無数の傷がついていた。誰もが、その傷を恨みゆえのものと思っている。

「はい。ただ必要があったからそうしただけです」

鈴花は思い込みを打ち砕くため、はっきりと言った。

「だから、念を入れて何度も刺した。その後は、あるものを隠すために刺した。恨みではなく、そうする必要があったから」

「どんな理由があれば、あんな惨いことができる」

「木を隠すなら森の中。人を隠すなら人の中……死体を隠すなら、死体の中」

鈴花は両手でそっと、腹部を押さえる。

「本当に死んでほしかったのは、紅妃ではなく、その中の御子だったのです」

──舞台に零れていた月光桂花の花びらが、ひらりと池に落ちていく。その音さえ聞こえるほどに、場は水を打ったような静寂が広がっていた。

黒雪慧の顔色も青ざめて、月のように白くなっていた。

「紅妃も……身ごもっていたの?」

声が、身体が、震えている。

「ええ。紅妃は間違いなく、男子を身ごもっていました。後宮医の証言があります。ご懐妊には紅妃ご本人と、ごく一部の方々しか気づいていなかったようですが」

鈴花は北宮の侍女たちを見る。

黒雪慧は言葉を失っていた。彼女だけではなく、その場にいた多くの者たちも、同様に息を詰めていた。

「紅妃の懐妊──大変、おめでたいことです。ですが、困る方々もいらっしゃいました」

鈴花は話を続けながら、周囲を見渡す。

ある者は硬直していて、ある者は視線から逃げるように顔を伏せた。静かに耳を傾ける者も、嗚咽《おえつ》を漏らす者もいた。

「黒妃と紅妃が、ほぼ同時に身ごもった。黒妃の侍女たちは主の世話をしながら、紅妃も懐妊しているかもしれないと気づいたのでしょう。しかも紅妃の方がわずかに早そうだった。もし、子がどちらも男子で、紅妃の方が早く出産すれば――皇太子は紅妃の御子になります」

そうなってしまえば、せっかくの待望の皇子でも二番目になってしまう。皇帝位を継げる可能性が遠のき、後宮内の立場も、それどころか、実家の立場にも差がついてしまう。

黒家にとっては容認できない決定的な差だった。

「――阻止《そし》するなら、早い方がいい。できれば、懐妊が公になる前がいい。公になったあとに妃に何かあれば、自分たちが疑われる――そうなれば、どんな恐ろしいことになるか」

侍女たちの顔は変わらない。冬の風のように冷ややかなままだ。

火傷をしていた女官だけ、真っ青《まさお》になって震えていた。

「いっそ亡き者にしてしまおうと、誰かが一計を案じた。罪を着せるのは、皇帝の寵愛を受けていない白鈴花がちょうどいい。紅妃に嫉妬して、刺してしまったことにしてしまおう――そう思って、私の衣を盗み出した」

鈴花は身に纏う衣の袖を軽く風に揺らす。

衣についていた月光桂花の花びらがふわりと舞い上がった。

「次に皇帝の文を捏造《ねつぞう》し、紅妃を夜の池に誘い出す。何かしら甘い言葉でも添えて、こっそりと来るように誘ったのでしょう。筆跡や文体は、黒妃に届いた文を見てそれらしいものを捏造した。紅妃はそれを読んで、大変幸せそうにしていたといいます」

このあたりは想像が入るが、おそらく間違いないだろう。

「――文は、紅妃の胃に残っていました。後宮医と複数の人物もそれを確認しています。おそらくは、死の直前――騙《だま》されたことに気づいた紅妃が、どうあっても逃げられないと思って、証拠を隠滅《いんめつ》されないために、飲み込んだのでしょう……胃まで調べられるかは不確かでしたでしょうが」

幸い残っていた。

そして、ちゃんと見つかった。

「犯人たちは、紅妃の口を押さえて声を封じ、盗み出した私の衣をかぶせて、その上から刺した。血が飛び散らないようにするためでもあったのでしょう。念入りに刺したことが、身体に残った傷からわかります。……紅妃はおそらく、必死で腹を庇っていた」

鈴花は再び、自分の腹に手を添える。

紅珠蘭のその神聖な場所には、皇帝の子が宿っていた。

「死体を池に投げ入れたのは、証拠を水で洗い流すと共に、池に浮かぶ彼女を引き上げようと多くの人が集い、残っていた足跡や証拠も踏み荒らされて消えると考えたからでしょう」

その試みはうまくいき、池の周辺には手掛かりらしきものは残っていなかった。

「あちこちから集めた凶器は、血を落として元の場所に戻したのでしょうね。罪を着せるために盗んだ衣は、あまりに多くの返り血と傷がついてしまった。万が一にも自分たちがかかわった痕跡が出てきたらまずい。だから、一部だけ引き裂いて紅妃の手に持たせ、残りは早々に処分してしまうことにした」

鈴花は北に視線を向ける。

「北の森に、切れ端が残っていました。間違いなく、私が皇帝より賜った衣の一部です。血痕と、刃物の傷が残っていました」

微笑みながら、その証拠の切れ端を取り出して見せる。

「――さあ、反論があるのならば聞きましょう」

「でたらめよ！」

「どの点が？」

「全部でたらめよ！」

それでは反論とは言えない。

鈴花は舞台から下りて、黒雪慧の元へ向かう。誰も鈴花を止めようとしなかった。

侍女たちの横を通り、震えて縮こまる女官の元へ行く。

彼女の瞳には、恐怖と後悔が満ちていた。

鈴花は女官の腕を取り、袖をめくる。包帯が巻かれた痛ましい腕を、月光の下に晒《さら》す。

「この傷は、いったいどうやってできたのですか？　私の衣を処分した時？」

――この女官は、その傷を火傷だと言っていた。

女官はぐっと、痛みを堪《こら》えるように歯を食いしばり。

「――燃やしてなんかいません……！　白妃様の衣を燃やしてなんか……この火傷は不注意で――」

「私は、燃やされたとは一言も言っていません」

「えっ……」

女官は困惑した声を上げ、次の瞬間がくがくと震え出した。

鈴花は燃やされたとは一言も言っていない。処分された。切れ端がある。それだけしか言っていない。切り裂かれて土に埋められた可能性もある。

だが、女官は、咄嗟《とっさ》に燃やしていないと叫んだ。

「――それは、処分した者しか知りえないことです」

鈴花は再び、燃えた衣の端を取り出す。

白絹に銀糸の刺繍、焼け焦げた跡、血の赤黒い痕跡――

女官の全身から力が抜け、崩れ落ちる。既に、放心状態となっていた。その様子が、何より明らかな自白となった。

「そんな……なんてことを……」

愕然《がくぜん》としているのは、黒雪慧も同じだった。

侍女たちだけが、無表情で座り続けていた。

「お前たち……なんてことを……うあああぁぁあ！」

黒雪慧の慟哭《どうこく》が、月下に響いた。

◆◆◆

――その後、北宮の徹底的な捜索が行われた。

紅妃殺害にかかわった侍女や女官たちは、罪に応じた罰に処された。

黒雪慧も後宮を去った。

黒家自体にも厳罰が下されたということだが、後宮内においては外の子細はわからない。ただ、あの名家も、もう二度と高い地位には就けないだろう。

他に確実なのは、これから黒家と紅家の対立は激化していくということだけ。

侍女たちがやったことと言おうとも、紅家は許さないだろう。

この対立の火はいずれ大きく燃え上がり、龍帝国の空を焼くかもしれない。

真実を皆の前で暴いたことを、皇帝は後悔するだろうか。

（――しないだろうな。なんとなく）

蒼月瑛が淹《い》れる紅の茶を眺めながら、胸中で思う。皇帝はすべてを受け入れているのだろうと。

「後宮も静かになりましたね」

蒼月瑛は窓の外を見つめ、寂しげに呟く。

視線の先には、秋の訪れを告げる赤や黄色の葉が風に舞っている。部屋の中には淡い菊《きく》の花の香りが広がり、窓辺では赤い鬼灯《ほおずき》が揺れていた。

四人いた妃たちも二人になり、多くの侍女や女官が後宮を去った。

「でもまたすぐに、新しい妃たちが来るのでしょうね」

蒼月瑛は鈴花を見つめて涼やかに笑う。下界のことなど関心のない天女のようだ。

「――蒼妃は、すべてわかっていたのではないですか？」

問う鈴花に、蒼月瑛は否定もせずに微笑んだ。

「……お二人の雰囲気や行動――下腹を締めない帯の位置、あとは女の勘でしょうか。二人の妃が懐妊し、そのうちの片方が殺されたのなら、もう片方の勢力が怪しいと誰もが思うでしょう？」

軽やかな笑みに、鈴花は苦笑した。

(――怖い人だ)

すべてを見通しながら、出しゃばらず、鈴花に情報を与えて傍観に徹《てっ》した。

いざとなれば、どの側にも立てるように。立ち回りのうまい、知恵のある妃である。

「本当に、愚《おろ》かなことだと思いますわ。ずっと隠し通せることではないのに。それほど、彼女たちも必死だったのでしょうね。あの家は、とても厳格ですから」

蒼月瑛は、北側を見つめながら、黒雪慧の侍女と女官たちに憐《あわ》れみを向ける。

その背後で、紅い影が揺れていた。

秋の気配を感じさせる風で、鬼灯が揺れていた。

夏の残り香を宿した紅《あか》い灯が、ふわり、ふわりと、揺れていた。

――その年の冬に、黒雪慧は姫を産んだ。しかし、残念ながら死産だったという。

◆◆◆

半ば習慣と化してきた蒼月瑛との茶会を終えた鈴花は、自分の宮に戻る。

そして、宮の前に立っていた人物に気づいてわずかな嬉しさと、そして寂しさを覚えた。

そこにいたのは焔だった。

鈴花はゆっくりと、落ち着いた足取りで焔の前に行き、その姿を見つめる。

黒い髪、黒い瞳――わずかなあどけなさと、ひどく大人《おとな》びた雰囲気を持つ青年。

「随分と、久しいな」

検死結果を持ってきて以降、彼が鈴花の前に姿を現すことはなかった。

きっともう会うことはないだろうと思っていたのに、また会えるなんて。

(やはり、皇帝の腹心……だろうか)

後宮内の移動を許されているのだから、相当信頼されているのだろう。

おそらく宦官だろうが、もしかしたら皇族かもしれない。傍系になら、生き残っている皇族の男もいるかもしれない。――そんな話を聞いたことはないが。

(いや、余計なことは考えなくていい)

目の前にいるのは、ただの一人の人間だ。

その正体はもう気にしないことにした。

彼が武官であろうと、宦官であろうと、それ以外の何かであろうと。

これから紡ぐ言葉は変わらない。

「お前には世話になった」

「……少しは、役に立てたのか?」

「ああ。とても」

素直に答える。

焔が西宮周辺をうろついてくれていたおかげで、北宮の人間たちも近づけなかった。

検死の手配も、とても助かった。

だから、最後に礼を言えて良かったと思う。

（……これで、最後か）

――焔は、皇帝に言われて鈴花の手助けにきた。

事件が解決したいま、もう会うことはないだろう。このまま忘れてしまうのが身のためだ。

――だがそれを、少しだけ、ほんの少しだけ、寂しいと思ってしまった。

「もしよければ、また剣の稽古を見せてくれ」

この願いが叶うことはきっとない。ただ、少しだけ、未来を願ってみたくなってしまった。

別れの言葉の代わりに言うと、焔は意外そうな顔をして。

「いいのか？」

そう、問うてくる。

鈴花は思わず笑みを浮かべ、そして頷いた。

「お前の剣は、とても綺麗だ。見ていて気持ちがいい」

後日、鈴花の元に、皇帝から簪が二つ送られてきた。

白い花の意匠の、贅《ぜい》を尽くしたような簪と、落ち着いた造りの蝶《ちょう》の簪。一緒に使っても、それぞれで使っても良さそうな逸品《いっぴん》だ。

（褒美のつもりだろうか……）

文も言葉も何もないので意図は読み切れなかったが、悪い気はしなかった。

■第弐章　幽霊騒動

——それは、鈴花《リンファ》が後宮入りしたばかりの年の、初夏の日のことだった。

その日はいつもより光が眩しく、きらきらと輝く若葉たちを、鈴花は西宮の窓から眺めていた。

そして、ふと、庭で動く見慣れない人影を見た。

——珍しい。この場所に誰かが近づくことなんてない。

普段なら、窓から顔を引っ込めて隠れていただろう。だが、その時の鈴花は、何かに導かれるように宮を出て、外に出た。

人影を見かけた方へ足を向けると、明るい光の中、驚いたような顔で少年が立っていた。宦官の服を着ていて、歳は十五ぐらいだろうか。鈴花より年上に見えるが、それほど離れていなさそうだ。

彼は鈴花が現れたことがとても意外だったようで、身体を硬直させて立ち尽くしていた。

(随分と若い宦官だ)

宦官の知識はある。宦官になれば、良家の出身でなくても後宮の——皇帝のすぐ傍で働くことができる。出世志向の男にとっては、現状から抜け出す唯一の逆転手段だ。

だが、こんな若い宦官は珍しい。まだ前途多望な年頃なのに。宮刑を受けた罪人でないのなら、よほど上昇志向が強いのだろうか。

「迷子か？　探しものか？　このあたりには何もないぞ」

問うと、少年は目を逸《そ》らしながら俯く。

鈴花はじっと答えを待った。少年は、やがて根負けしたように口を開く。

「……幽霊を、探していた」

「こんな明るい内に？」

西宮周辺は後宮でも人気のない場所だ。夜ならそれこそ幽霊がいてもおかしくない。だがいまは真昼間だ。

「夜は……外に出られない」

「そうか。一応言っておくが、私は幽霊ではないぞ」

鈴花の白い髪は、暗がりの中では幽霊と勘違いされやすい。

「わかっている」

はっきりと言い切るその顔はわずかに赤い。

（……陽気に当てられたか？）

今日はいつもより暑い。身体に熱気がこもっているのかもしれない。

「こちらへ来い」

「うわっ？」

鈴花は少年の袖を引き、宮の陰——風の通りがいい日陰に連れていく。

「座っておけ。水を持ってくるから」

石段の上に座らせて、宮に戻る。水瓶から透き通った飲み水を茶碗《ちゃわん》に汲《く》み、すぐに戻って、少年に渡した。

「飲んでおけ。喉《のど》が渇《かわ》いてからでは遅い」

少年はやや戸惑いながらも受け取り、静かに飲み始めた。

その様子をじっと見つめる。鈴花はいつの間にか、少年に強い興味を抱いていた。

幽霊探しなんて、物好きのすることだ。

「それで、探しているのはどんな幽霊だ？　名前は？　姿は？」

少年が一息ついたところで問う。少年は困ったように視線を彷徨《さまよ》わせる。

「……よくわからない。だが、会えればわかるかもしれないと思ったんだ」

「それはまた、雲をつかむような話だな」

どんな幽霊かはわからない、だが会えばわかるかもしれない——となると、血縁者の幽霊だろうか。会ったこともない血縁者の。

——それはまた、随分と都合のいい妄想だと思う。

だが、夢がある。そして深い事情がありそうだ。

どうにか手伝えないかと考えていると、少年の目が鈴花を映していることに気づく。

「それより……あなたは、こんな寂れた場所で一人で暮らしているのか？　女官は？　侍女は？」

——この宦官は、新入りのようだ。白《ハク》妃の状況を知らないなんて。

鈴花は思わず笑ってしまった。

「冷たくされているわけではないぞ。あれこれ世話を焼かれるより、一人でいる方がいい。それに、住むなら賑やかな場所より静かな場所の方が好きだ」

「…………」

納得していない少年に、鈴花は懐から取り出した包み紙を差し出す。

「これをあげよう。琥珀糖——私の手作りだ」

琥珀のような黄色を帯びた、長方形の一口大の菓子。砂糖《さとう》と寒天を混ぜて煮込んで固めて干すだけの、簡単な甘味だ。

女官の姿に変じれば、材料を手に入れるのは難しくない。

鈴花はもう一つ同じものを取り出す。半透明の砂糖の粒がきらきらしているそれを少年の前で食べた。シャリっとした糖の感触も、寒天の滑らかさも、心地いい。

「うん、おいしい」

「………」

少年は困惑気味に、鈴花の顔と手の中の包み紙を見比べている。

「こんなものも作れるし、自分で身支度もできる。何も心配されることはない」

鈴花は空になった茶碗を手に取り、微笑んだ。

「充分休んだら、自分のいる場所に戻れ」

言って、鈴花も宮に向けて歩き出す。少し、外に出すぎた。

途中で一度だけ振り返り、言う。

「——出世しろよ、少年。もうここには来るな」

ここには未来も何もない。死を待つ鈴花がいるだけだ。

未来ある若者の時間を、こんなところで消耗《しょうもう》させるわけにはいかない。

少しだけ名残り惜しさを感じながらも、鈴花は爽やかな気分で自分の宮に戻った。

◆◆◆

――紅妃殺害事件の騒ぎも収束した秋の日、鈴花は皇帝に呼び出された。

天寧宮の一室で、緞帳の向こう側から皇帝は言う。

「ここ最近、後宮内で幽霊騒動が起きている」

「そうですか。それが何か？」

問い返しても、返ってくるのは沈黙だけ。

鈴花は嫌な予感がした。

「……もしかして、それを調べろと？　それは私の仕事ではないと思うのですが」

「どうせ暇を持て余しているのだろう」

たとえそれが事実としても、そう思われているのは癪《しゃく》だった。

そして事実、鈴花にはすることがない。琴や舞踊の練習ぐらいだ。あとは自分の身の回りの世話。

そもそも後宮での暮らしは暇なものだ。

女たちは普段の生活と、教養を高めるのと、容姿を磨《みが》くぐらいしかすることがない。皇帝の寵愛を受けておらず、得るつもりもない鈴花は特にすることがない。

「人手を貸す。詳しいことはその者に聞け」

――丸投げ。

あまりの強引さに、鈴花は違和感を覚える。

幽霊は、生きている人間に実害を及ぼすことはできない。騒動といってもおそらく大事ではないだろう。もし事件が起こっていたら、鈴花の耳にも入ってくるはずだ。

なのに皇帝自ら鈴花に調査を命じてくるなんて。

何か別の思惑があるのか、それともただの暇潰しか、鈴花で遊ぼうとしているだけか。

——どれにせよ、挑戦されたのなら受けて立つ。

「——わかりました。確かにこれは、私の得意分野です」

威勢よく言って天寧宮を出た鈴花は、庭園を眺めながら西宮へ向かう。

庭園は、紅葉で染まっていた。赤や黄色の葉が夕陽で照らされて、一枚絵のような美しさを描いている。

涼しい風が吹くと、落葉が足元にひらりと舞い落ちる。

季節が廻《まわ》れば花も葉も散る。なんとも切ない光景だった。

(幽霊騒動か……ここ最近で、後宮で人が死んだ気配はないのだが)

たかが幽霊の話で大騒ぎしなくても、と思う。

幽霊はあくまで幽世《かくりよ》の存在。直接人を殺すこともない。だから、見えても気にしない方がいい。

死も未練も幽霊も、この世に溢れかえっている。いちいち気にしていたら身が持たない。

だが、馬鹿馬鹿しくても勅命だ。皇帝が満足する結果を見つけてこなければならない。

それに、退屈が少しは紛れるかと思うと、ほんの少しだけわくわくした。

(皇帝は、いったい私に何を見つけさせたいのやら)

——その瞬間、ふと、昔の記憶が蘇《よみがえ》る。

(あの少年も、幽霊を探していたな……今頃は、立派になっているかな)

——翌日。

西宮に、焔《エン》が数本の竹簡を携えてやってきた。

鈴花は素直に驚いた。もう会うことはないと思っていたのに、こんなに早く会えるなんて。

「……お前もご苦労なことだな」

入口のところでねぎらうと、彼は苦笑するような、困ったような、曖昧《あいまい》な表情を浮かべる。

彼にも仕事があるだろうに、またしても鈴花の目付け役をさせられるとは気の毒だ。

「だが、お前でよかった。さて、早々に解決してしまおうか。幽霊騒動とは具体的にどんなものなのだ？」

皇帝からはほとんど情報が与えられていない。

問うと、焔は持っていた竹簡の紐《ひも》をほどいた。乾いた音を立てて竹簡が広がり、そこに墨で書かれた内容を読んでいく。

「この目撃者は、深夜の庭で霧に包まれた女の姿を見たと証言している。霧の中には花の香りが漂っていて、ぼうっとしている内に目の前で突然消えてしまったという」

鈴花は黙ったまま話を聞いていた。

（まずいな……それは私かもしれない）

時々、夜中に庭を散策することがある。

白い髪に白い衣の鈴花は、月明かりの下で遠目から見れば、幽霊に見えるかもしれない。

「その幽霊は、どんな幽霊だ？　名前は？　姿は？」

問うと、焔は小さく噴き出した。

「どうした？」

「いや、すまない。なんでもない」

笑いをこらえながら、気を取り直すように咳払《せき》いをする。

「さすがに名前はわからない。姿も、どうにも定かではない。他にも、御膳所から食べ物が消えている。誰もいないはずの場所で、物が動く音や、人の気配がする……物の配置が変わっている――そんなところだ」

その辺りは自分ではないだろう。

今後は夜中の散歩は少々控えようと思いながら、渡される竹簡を受け取る。読んでいくと、幽霊騒動が発生した日時と場所、どんな現象か、報告した者の身分と名前が書かれていた。

それにしても、幽霊にしては、いかんせん生命力を感じる現象ばかりだ。

「……やはり、猿《さる》でも紛れ込んでいるのでは？　この前は狸が入り込んでいたぞ」

「それは何かの隠喩か？」

「まさか、本物だ。よく太った狸がいてな。森で暮らしているだけではああはならない。残飯を漁《あさ》っているのか、餌《えさ》をやっている者がいるのか、薬草園の野菜や果実を食べているのか」

丸い姿を思い出しながら話していると、焔が口元を歪《ゆが》めていた。

「内壁の穴は塞がれているから、逃げ遅れた狸や猿でもいるのかもしれない」

「塞いだのか？」

「当然だ」

――もったいない。

口から零れそうになった言葉を呑み込む。

「もし狸か他の獣の仕業だとしたら、捕まえるか追い払うかするまでが仕事だ」

「狸狩りか……少し、わくわくするな」

故郷で食べた狸は美味だった。思い出して笑みが零れる。

焔はどこか呆れた顔をして、別の竹簡を広げる。

「……寝ている間に、女の幽霊に命を狙われたという話もある」

「それは本当に幽霊なのか？」

幽霊が積極的に命を狙ってくるとは思えない。

それほど怖かった、ということかもしれないが。

「声を上げたらすぐに消えたらしい」

「相手に心当たりは？　恨まれているとか」

「特にないそうだ」

「ふむ……ならば幽霊かもな」

すぐに消えたのなら、人間とは考えにくい。

だがやはり、命を狙ってきたというのは信じがたい。それほど怖かったということだろう。

「――他に気になることは、紅妃の女官が一人、行方《ゆくえ》不明になっているらしい」

鈴花は眉を顰めた。

「紅妃の従者たちは外に戻ったのではないのか？」

主が死んでしまえば、当然従者たちも後宮から退去させられる。世話をする相手がいないのに、いつまでもいさせるわけにはいかない。

「そのはずだったが、その前に姿を消したらしい」

「まさか、その女官がどこかで命を絶って、その幽霊が後宮をうろついているとでも？」

言いながら、ありえなくもないかも、と思った。

（……紅妃を探して、というのはありえなくもない。死んだ人間の想いというものは、時折実体を持つ）

大抵はその場にいるままだが、強い未練がある場合、それに導かれるように動くこともある。

「その女官の名前は？」

「琳琳《リンリン》だ」

「ふむ……」

――幽霊騒動。

本当に幽霊かはさておき、何かが蠢《うごめ》いているのは間違いない。

鈴花はにこりと笑い、焔の顔を見上げる。

「そこで待っておけ。動きやすい服に着替えてくる」

幽霊探し。あるいは狸狩り。

どちらにせよ、とてもわくわくする。

（しばらくは退屈しないですみそうだ）

着替えた鈴花は、焔と共に、後宮を囲む内壁の調査のため北へ向かった。その足取りは軽い。

「本当に狸狩りをするつもりなのか……？」

焔が戸惑うように言う。

「目撃者の報告はもう詳しく調べているんだろう？　なら次は、別方向から調べてみないと」

「……随分と上機嫌だな」

「うん、楽しい。焔はわくわくしないのか？」

焔は少し黙った後。

「……する」

ぽつりと言う。

「だろう？　そうだろうとも！」

「白妃、無茶はしないでくれ。もし本当に狸が出てきても、絶対に飛び出さないように」

「わかっている」

もしも鈴花が怪我《けが》をすれば、目付け役の焔に累《るい》が及ぶ。

「焔、お前を頼りにしている」

焔は一瞬息を呑み、視線を鈴花から逸らした。

その顔がわずかに赤くなったように見えたのは、きっと見間違いだろう。

そうしている内に、壁の近くにまでやってくる。後宮をぐるりと囲む内壁は、巨大で堅固なものだ。

ここからは見えないが、壁の外側——内壁と外壁の間には、森が広がっている。外壁の更に向こうの外界には、深い森と険《けわ》しい山岳が聳《そび》え立っている。天然の要害だ。

鈴花は焔と共に、後宮の北端を壁に沿って歩く。

後宮の端ということもあり、ほとんど人の手が入っていない。荒れていて、草むらも多く、それによる死角も多い。

鈴花はまず、以前に見つけていた穴の方へ向かった。

「そんな……本当に塞がれている……」

「当然だ」

完全に塞がれている。補修痕が新しい。

鈴花は嘆息し、壁を見上げた。

壁は高く、漆喰《しっくい》で塗られているため表面は滑らかだ。表面には雨水の零れ落ちた跡が残り、少し湿った土の匂いが立ち込めている。壁面に触れると、冷たく濡れていた。

「身軽な者なら登れるのではないか？」

「さすがに無理だろう。梯子《はしご》か、何か道具でもなければ登れそうにない」

焔はやや呆れ気味に言う。

(試してみないとわからないのでは？)

鈴花は思ったが、まずは他に穴がないか調べた方が早いと考え、いったん黙っておく。

壁に沿って歩いていくと、自生した林に隠れるように存在する、古びた建物を見つけた。

木造の小屋で、壁に蔦《つた》が絡みつき、屋根の瓦《かわら》は欠け落ちている。錆《さ》びついた扉は半開きだった。

「こんなものがあったのか。ふむ、何かが潜むには最適な場所だと思わないか？」

鈴花の言葉に、焔が静かに頷き、剣を抜いた。鋭い剣先が、太陽の光を反射して煌めく。

邪を切り裂く凄烈な輝きに、鈴花は思わず後ろに身を引いた。

――幽霊も暗闇も怖くないが、刃物は怖い。触れれば切れるし、切れれば痛い。

それにしても――

(全力すぎる……!)

鈴花の護衛を兼ねているからとはいえ、剣を抜くのに迷いがない。

焔は、足音を立てないようにゆっくりと建物に近づいていく。

鈴花は焔の後ろから、固唾《かたず》を呑んで見守っていた。

風に煽《あお》られて、扉がゆっくりと、キィキィと鳴きながら開いていく。

焔が、中に足を踏み入れた――その時。

小屋の奥の暗闇で、金色の目が光った。

次の瞬間、闇だまりから小さな生き物たちが飛び出してくる。

俊敏とはとても言えない、のっそりとした動き。だがその必死の迫力に、思わず身が竦《すく》む。

出てきたのは、小さな狸と、それより一回り大きな狸だった。おそらく親子だろう。丸々と太った二匹は急いで外へと走っていき、あっという間に草の茂みに消えた。

鈴花も焔も、呆然《ぼうぜん》としてその影を見送った。

「……まだ、どこかに穴が開いているのかな。それとも、中にいる間に穴を塞がれて閉じ込められてしまったか」

「……どちらにしろ、あとで狸狩りだ」

冷静に言いながら、剣を鞘《さや》に納める。

「狸ぐらい放っておけばいいだろう。後宮はこんなに広いんだから」

鈴花自身、狸狩りに前向きだったが、あれほど必死に生きている姿を見てしまうと哀れに思う。

「——蟻《あり》の一穴。小さな穴が原因となって、堅固な堤が崩落することもある」

もっともなことを言われ、鈴花は口を閉ざした。

(真面目なことだ)

狸が無事に逃げ切れることを祈りながら、古びた建物の中に入る。

そして、目を見張る。

家の中は、野生動物が根城にしていたと思わしき痕跡の他にも、昨今まで人が住んでいたような雰囲気があった。

古い布団《ふとん》、欠けた食器、そして何冊かの書物。

朽ちかけているが、そこは確かに人間の気配が残っている。

鈴花はため息をつく。

「狸より大問題ではないか。広すぎるのも考え物だな」

「…………」

焔は険しい顔をしている。そして、呻《うめ》くように言う。

「……ここはおそらく、後宮の工事の時につくられた、作業員用の小屋だ。工事が終わっても取り壊されることなく残っていて、獣の根城になっていたんだろう」

「密会現場である可能性は？」

問うと、焔は一瞬ぎょっとした顔をする。

「……もし、そのような使われ方がされたとしても、ずっと昔のことだ。いまのこの場所では、到底相応しくない」

「そうかな？　盛り上がれば、場所なんて関係ないのでは？　古臭くても、いっそその方が都合がいいかも――」

焔の表情がより一層強張る。

「やめてくれ……白妃がそんなことを口にしないでくれ……」

「何を言っているんだ、お前は」

焔が何に狼狽《うろた》えているのか、鈴花には全然わからない。

「私たちは勅命で動いているんだぞ。すべてしっかりと見ておく必要がある」

焔の制止を振り切り、中に入る。

床の上を行こうとすると、焔が先に行って足場の様子を確かめる。

「床板が脆《もろ》い。気をつけてくれ」

「ああ」

そう広くもない建物の中を、慎重に探索する。いくつも転がる食器に、何枚もある古びた布。持ち上げただけで崩れ落ちる本。何かが燃やされた痕跡のある囲炉裏《いろり》。

「うん……新しい人の痕跡は、一人分だけだな……複数人が不遜《ふそん》な計画を練り上げていたとしても、ずっと昔のことだろう」

床の埃についた足跡も、新しいのは一人分だけだ。

「その企《たくら》みも、途中で潰《つい》えたのには違いないが……どんな密会を繰り広げていたのやら……ん、どうした？」

　頭を抱えている焔を眺める。

「いや、少し……いや、なんでもない……そうか、そちらの密会か……」

「他に何がある？」

　鈴花は首を傾げた。

「なんでもない。俺のただの勘違いだ」

　焔は気を取り直すように立ち上がり、鈴花を見つめてくる。

「――白妃。俺たちが調べているのは、いま起きている幽霊騒動だ。この場所はもういいだろう」

「何を言う。課せられた使命以上の成果を突きつけてやってこそ、鼻を明かせるというものだ！」

　焔は頭痛がするのか、また頭を抱えた。

「でもまあ、ここはもういいかな。大したものも出てこないだろうし、長居したい場所でもない」

　埃っぽく、獣臭が濃く、いまにも床が抜けて、天井も落ちてきそうだ。

　鈴花が外に出ようとすると、焔もほっとしたようだった。

「――男女の密会があったとしても、皇帝が手を付けている女はちゃんと記録されているだろうから、もしそれ以外が身ごもれば、他の男が忍び込んだことも自《おの》ずとわかっただろうし」

「……わかって言っていたのか……？」

「何の話だ？」

　焔をからかうように笑い、外に出る。光と空気が清々《すがすが》しかった。

　鈴花は大きく呼吸をして、新鮮な空気で身体を満たす。

「この後宮という場所では、男女の密会だった方が問題だな。だが、強い想いというものは、止められるものではないからな……」

言いながら、ふと気づく。

(――しまった。迂闊《うかつ》だった。この状況、もし誰かに見られていたら、私たちが密会していたと思われるかもしれない)

振り返った鈴花は、焔の様子を見て驚いた。

なんだかひどく顔色が悪い。

「焔、大丈夫か？　具合が悪そうだが」

振り回しすぎただろうか。

少し不安になる。

「――白妃」

「ん？」

「……白妃は、いまの生活に満足しているか？」

「なんだいきなり」

あまりにも唐突な質問にびっくりする。いったい何をぐるぐると考えているのか。

「退屈なこと以外は、不満なんてない」

自分の具合が悪いのに、こちらのことを気にかけてくる様子に呆れながらも、正直に答える。

退屈なことばかりだが、贅沢《ぜいたく》すぎる暮らしをしている。時折こうして刺激もある。不満なんてあるはずがない。

「故郷に好きな相手がいたりとかしないのか？」

「は？」

──いきなり何の心配をしているのだろう。この目付け役は。

道ならぬ恋人たちの話をしただけで、どれだけ発想が飛躍しているのか。

「いない。いたとしても、言うわけないだろう。馬鹿《ばか》」

迂闊なことを言えば、そのまま皇帝に伝わる。

──それに、焔にそんなことを訊かれるのは、なんとなく腹立たしい。人の気も知らないで。

「お前こそ、好いた相手はいないのか？」

意趣返しに問い返してみる。

「……いない」

目を逸らし、口元を隠す。

(何だその反応は……もしかして、いるのか？　女を口説いたことなどないと言っていたのに)

なんだかとても腹立たしい。

そして、焔をひどく遠く感じた。

「──変なことを言ってないで、調査の続きをするぞ。具合が悪いなら帰っていい」

「いや、大丈夫だ。すまなかった」

鈴花は気を取り直し、改めてそびえ立つ内壁を見上げる。

「小屋の痕跡から察するに、ここそこ動き回っている人間が一人いるのは間違いない。──重要なのは、外部からの侵入が可能かということだ」

不可能なら、今後は内部の調査だけでいい。

侵入が可能なら、外部の調査もしなければならない。これは大仕事だ。

「外部からの侵入は考えにくい。人の出入りは厳密に管理されている」

焔の意見に、鈴花は首を横に振った。

「それは正面の入口だけだろう？　先日も壁の下に穴が開いていたし。この壁をよじ登る根性のある人間もいるかもしれない」

「どう考えても、簡単に登れる高さではない。猿でもあるまいし」

「では、試してみよう」

悩むより行動。

鈴花は壁に歩み寄り、間近で深く観察する。

壁の表面は平坦《へいたん》で、一見手をかける場所はなさそうだ。だが、よくよく見れば小さな隙間や突起が存在する。長い月日と雨風で漆喰が劣化し、中の石が露出しているのだ。

鈴花は壁へと身体を寄せ、壁の隙間に指をかける。

隙間をしっかりとつかんで、身体を持ち上げる。うまく上がれれば、こちらのものだ。壁に散らばる石や隙間を踏み台にして、どんどん上へと進んでいく。迷いはない。躊躇えば落ちる。

焔は無言で鈴花を見守っていた。落ちたときに受け止めるつもりだろう。

順調に壁の半分を登ったころ、鈴花は一度足を止め、焔の方へと微笑んで見せた。

そこからは一気に登っていく。壁の頂点に手をかけ、ぐっと身体を引き上げて、壁の上にしなやかに降り立った。

「猿……」

「心地のいい褒め言葉だ。自分が無理だからといって、思考停止するものではないよ」

上から焔を見下ろして微笑む。

焔はむっと顔を顰め、数本の短剣を取り出した。

短剣を抜き、壁の隙間に差し込む。鋭い剣は、石壁を容易に割った。

しっかりと差し込まれたそれを足場にして、焔は速やかに壁を登ってくる。

鈴花はそれを食い入るように見ていた。意外なほどの勢い、身体能力、そして身軽さ。

そして、鈴花の隣に下り立った。

舞い上がる風が、鈴花の髪を揺らす。白い髪が、焔の顔に触れる。

──その一瞬、時間が止まったかのようだった。

「……こっそりと潜り込んで誰かに手を付けていないだろうな？」

この身体能力で、こんな風に壁を乗り越えて、誰かと密会していないか心配になる。

「するか！」

本気で怒ってくる。

この反応では本当にしていなさそうだ。

「──ともあれ、これで梯子がなくても中から壁を乗り越えられることが証明された」

「こんな真似《まね》ができる人間はほとんどいない」

焔が不請顔で言うが、鈴花は笑う。

「だが、不可能ではなかっただろう？　私たちがここにいるのがその証《あかし》だ」

ほとんどの人間は乗り越えられないだろうし、もし可能でも、しようとすらしないだろう。

後宮の女たちのほとんどは使命を持ってやってくる。

望んで、選ばれて、使命を帯びて入ってくるのに、脱走するなど以《もっ》ての外《ほか》だ。

だが、何事にも例外はある。

「次は外から入れるか、だが——見ろ」

壁の上から、外側に向けて一本の縄が垂れ下がっている。

風化していない頑丈そうなものが、しっかりと支柱に括《くく》りつけられていた。

焔は眉をひそめてそれを見つめる。

「これを使って、外と中を行き来しているのか……」

「いま外側に向けて垂れているということは、その誰かはいま外側にいるということだ」

鈴花は壁の反対側を見る。そこに広がるのは、一度だけ足を踏み入れたことのある、深い森だ。

「では、更に向こう側を見にいってみよう」

「いや。下で隠れて待っていれば、不審者はいずれ現れる。これ以降は兵に引き継がせる。危険を冒《おか》す必要はない」

鈴花の提案を、焔は一蹴する。

「せっかくここまで来たんだ。相手の顔を見てみたい。ああ、下りるのが怖いのか。なら——」

ここで待っていろと言う前に、焔が先に飛び下りる。

結構な高さだというのに、あっさりと飛び、あっさりと着地する。

「身軽なものだな」

そして、挑発に弱い。

怪我一つしていなさそうな焔を上から眺めていると、両手に手袋を着け始める。

何をする気かと見ていると、焔は鈴花を見上げ、大きく両手を開いた。

「飛んでこい。命に代えても受け止める」

まっすぐな視線に射竦《いすく》められる。

それが、ひどく。

胸をざわめかせた。

保っていた距離を飛び越えて、いきなり心の中にまで入ってこられたみたいで、落ち着かない。

（――大げさな。こんなことで命を懸けるな）

一人でもこれぐらい飛び下りられる――それを証明してみせたかったが、焔の言葉がどれほど本気か試してみたくもなった。

鈴花は壁の上から身を乗り出し、焔の方へと躊躇《ちゅうちょ》なく飛び下りる。

風が顔を撫で、髪が、衣が空中で舞う。

鈴花の瞳は、下で待つ焔の姿をしっかりと捉えていた。

焔は、腕を広げて待っていた。逃げる様子も、緊張している様子もない。

彼の強い腕が、落ちてきた鈴花の腰をしっかりと抱きしめ、しっかりと受け止める。

「…………」

「…………」

しばらくその体勢のまま見つめ合う。衝撃の余韻が収まるまで。

感じる鼓動は、自分のものか、相手のものか。

焔の腕の中で、温かさと力強さに包まれながら、鈴花は鈍る思考を無理やり動かそうとした。

——よく考えなくても、まずいことをしているのではないか。

鈴花は形だけとはいえ後宮の妃だ。

皇帝以外の男と触れ合うなど許されない。相手が宦官だとしても。誰も見ていないとしても。

早く下りようとするが、焔は鈴花を軽く抱え直す。

「これ以上、汚させるわけにはいかない」

——いったい何のことかと考えて、考えて、森の中にいることを思い出す。落ち葉に虫に蜘蛛《くも》の糸、そして土。この中を歩けば服も靴も汚れる。既に壁登りで埃まみれだ。

「いい。汚れても構わない服だ」

「そういうわけにはいかない」

焔は鈴花を抱えたまま、安定した足取りで、足場の悪い場所を進んでいく。湿った空気が満ちて、薄暗く冷たい森の中を。

なのに、身体はあたたかい。

鈴花は戸惑うばかりだった。どうしたらいいかわからない。焔の抱え方は安定感があって、文句のつけようがない。

そして、確信する。

この男は、とんだ女誑《たら》しだ。

女の扱いに慣れている。慣れすぎている。

（……どうして私が、こんな気持ちになっているんだ）

苦しいような、腹が立つような。

こんな気持ちは初めてで、いったいどういう感情なのか自分でもわからない。

（こんなところを誰かに見られたら……いや、皇帝に知られたところで、露ほども気にしないだろうが）

皇帝は鈴花に興味がない。

（そもそも、こやつは宦官だ。まずいことなど一つもあるものか）

はっきりと宦官とは聞いていないが、もうそういうことにしておいた。でなければ心が持たない。

焔は鈴花の胸中など気づかず、平然とした顔で鈴花を慎重に抱え、道なき道を進んでいく。

（ひどい男だ）

——こんなにも、人の気持ちを掻《か》き乱すのに、本人は涼しい顔で。悩んでいることが馬鹿らしくなってくる。

鈴花は心を落ち着かせるために、意識を内から外に向け、耳を澄ませた。時折鳥の鳴き声や、秋の虫の音が響いてくる。それらと木々のざわめき、そして森の匂いが、故郷の山を思い出させた。

（似ている……）

広さも、光景も、何もかも違うけれども。

懐かしい気持ちが満ちるのは、ほのかに混じる金木犀《きんもくせい》の香りのせいだろうか。落葉を踏む音のせいだろうか。顔に触れる風の揺らぎのせいだろうか。人のぬくもりのせいだろうか。

「……このまま、遠くへ逃げ出してしまいたいな」

郷愁に胸を焼かれ、ぽつりと呟きが零れる。

焔は何も言わなかった。

ただ、鈴花を抱く手が一瞬だけ強張った気がした。

「――焔、一度下ろしてくれ」

「…………」

「逃げたりしないよ。ほら、そこを見ろ」

鈴花は地面の一部を指差す。

「足跡だ。まだ新しい」

微かにだが、人間の足跡が残っていた。

丁寧に下ろされて大地を踏み、焔を見上げて小さく笑う。

「さて、いよいよ近そうだ。足のある幽霊か、はたまた人間か。楽しみだな」

足跡の先には、まだ森が広がっている。その先に何が待っているのか――期待に胸を膨《ふく》らませながら、足跡を頼りに進んでいく。自分の足で。

やがて辿り着いたのは、大きな欅《けやき》が見える場所だった。

上の方は見事に紅葉し、半ばほどは黄色、下の方はまだ緑で、色彩豊かな欅。その幹と枝の間に、小柄な影が見えた。

――人間だ。

身軽に枝から枝へと移動して、枝を揺らしている。その姿は生命力に溢れていて、幽霊には見えない。そう、その姿はまるで——

「……猿……」

焔が、驚きと感心と呆れが混ざった複雑な声で、小さく呟いた。

鈴花も頷く。

「なんという身のこなし……見事だ……幽霊騒動の正体は彼女かな」

あの身軽さなら、内壁も軽々と登ってしまえるだろう。

「どうやらこれで解決のようだな」

鈴花は達成感を覚えたが、焔はどこか腑に落ちていないような表情をしていた。まさか、本当に幽霊がいると思っていたのだろうか。だとしたら、大いに期待が外れたことだろう。

鈴花は陰から身を出して、欅の下に近づく。

「楽しそうだな」

声をかけると、相手はびくっと身体を震わせて見下ろしてくる。薄紅色の女官服が、欅の葉の中で花のように咲いていた。

「きみの名は？」

「……琳琳です……」

枝の上から素直に答える。恐れの混ざった瞳でこちらを見ながら。

それは行方不明となっている、紅珠蘭《シュラン》の元女官の名前だ。

「琳琳、いい名だ」

どうやら彼女が行方不明の元女官で間違いないようだ。

後宮から食べ物を拝借しながら、あの小屋で狸と共に夜を過ごしたり、欅の上で寝ていたりしたのだろう。

（——元気でいてよかった）

ほっとするも、また新たな問題が生まれる。

琳琳は欅から下りてくる気配がない。こちらを物凄《ものすご》く警戒している。

（さて、どうやって連れ帰ったものか）

まずは正攻法。鈴花は琳琳に向けて手を伸ばす。

「私たちはきみを傷つけるつもりはない。さあ、帰ろう。話はあとでゆっくりと聞く」

「も……申し訳ございません。あたしは、帰るわけにはいきません」

頑《かたく》なに言われ、鈴花は首を傾げた。

「どうしてだ？　このままここで暮らすわけにもいかないだろう。食べるものは後宮から持ってこれるだろうが、冬がくれば、寒さで身も心も冷やしてしまう」

「お願いします、見逃してください。もう後宮へは行きませんから！」

その顔には固い決意が滲んでいた。強硬手段に出ようものなら、あっという間に逃げられそうだ。

「——だが、それだといつか死んでしまう」

外で一冬過ごすのは厳しい。凍え死ぬのが目に見えている。

「いいんです……それならそれで……家に帰るぐらいなら、この場所で死にます！」

「よくない」

はっきりと言い切ると、琳琳は目を丸くした。

「私の目覚めがよくない」

「そ、そのようなことをおっしゃられましても……」

「困るだろうな。だが、私も困る。だからこれは、私ときみとの我儘《わがまま》比べだ。きみが折れるか、私を納得させるまで、追いかけ続けるぞ」

琳琳はいよいよ困った顔をする。

焔は黙ったまま鈴花の後ろにいる。この場を鈴花に託《たく》しているらしい。

琳琳は沈黙に耐えきれなくなったように、おずおずと口を開いた。

「こ、ここからは……紅妃様との思い出がある場所が、よく見えるんです……あたし、この都を、離れたくないんです……」

「ふむ、どうして？」

鈴花は純粋な疑問を口にする。

「場所が変わったところで、思い出はなくならない。胸の中に残り続ける。ここを離れない理由にはならないな」

琳琳の言っていることは、単なる口実だ。

本人にとっては真剣な理由かもしれないが、ここで飢《う》えて凍えて死ぬことよりも、帰る方が琳琳には辛《つら》いのだ。

（それほど帰りたくないということか）

琳琳の事情は鈴花にはわからない。

——ならば。

「皇帝の手付きになれば、下級妃となれる。そうなれば帰る必要はない。私が推薦《すいせん》してみよう」

いい提案だと思った。

だが、自分で言っておきながら、想像するとなんだか胸がざわついた。

「おい。勝手なことをするな」

後ろで見ていたはずの焔も怒り出す。

「て、天龍様のお相手なんて、あたしには無理ですぅ……！」

琳琳も本気で恐怖して萎縮している。

「うむぅ……」

唸りつつも、鈴花は心のどこかで安堵していた。

実際問題、いまの後宮に下級妃は一人もいない。琳琳がその立場になれば、居心地の悪い思いをさせてしまうかもしれない。

後宮にいるためだけに、そんな立場になってしまうのは可哀《かわい》そうだ。

それに、もしも皇帝が琳琳を気に入ったら――……考えるだけで、複雑な気持ちになる。

「――よし。ならば、私の女官になれ」

「白妃様の……？」

「私が誰かわかっているのなら話が早い。私には専属の女官がいない。なってもらえたら、とても助かる」

鈴花は自分の身の回りのことは自分でしている。

妃がするべきでないようなことは、女官に化けてしている。それはいい気分転換になるので苦ではない。自由自在に行動できるのも楽しい。

けれど、琳琳のような女官が傍にいるのも、きっと楽しい。

「きみのような、身軽で行動力のある女官がいたら心強い」

紅妃の女官だった琳琳だ。後宮女官としての仕事は慣れているだろう。

「あ、あたしが、お役に立てるんですか……？」

「ああ。仕事は山ほどある。きみにしか頼めないことだってたくさんある」

「あたし、だけ……」

鈴花を見つめる琳琳の眦《まなじり》に、じわりと涙が浮かぶ。

琳琳はぐいっとそれを拭《ぬぐ》い取ると、木の上からするすると下りてくる。

近くで見る琳琳は、ぼろぼろだった。肌は小さな切り傷だらけ。身に着けているものは汚れているしあちこち裂けている。きっと毎日、一生懸命に生きていたのだろう。

琳琳は深々と鈴花に頭を下げる。

「ありがとうございます、白妃様……あたし、誠心誠意、お仕えいたします」

◆◆◆

夕方、西宮に戻った鈴花は、焔と別れて琳琳と共に宮の中に入る。

そして最初にしたことは、部屋の整理だった。

「すまないな、散らかっていて」

使っていない部屋を片付けて、琳琳の寝床の用意をすることにする。

薄暗い光が窓から差し込む中、大量にある竹簡を眺める。詩の練習に使っているものだ。紙も手に入るが流石に贅沢なので、竹を薄くしたものに墨で文字を書いている。そういうものが、たくさんある。それらをひとまず集めて端に寄せていく。

「そ、そんなことあたしがしますから」

「では、ここはお願いしようか。適当にまとめておいてくれたらいい。書き損じばかりだから」

「書き損じですか？　これが？」

「ああ。削り取るのが面倒で、ついつい新しいものに書いてしまう。燃やすのも先送りにしてるから、この有様だ」

「こんなにきれいなのに……」

「あまり見ないでくれ。恥ずかしいから」

詩としてまとめる前の、思い付きの書き散らしだ。人に見せるようなものではない。

「なんだか、不思議です……白妃様って、天女様だと思っていましたから」

散らかっている部屋がか。書き損じを見られるのを恥ずかしがっていることがか。両方か。

「私は人間だよ。食事もするし、眠りもする。退屈はあまり好きではないが、割と怠惰な方だ」

「そうなんですね……」

「そうだよ。服は、とりあえずこれに着替えるといい」

鈴花は自分が変装に使っている女官服を渡す。ちょうどいいことに洗濯したばかりだ。

（琳琳のために仕立てないとな……）

西宮の、白鈴花の専属女官に相応しいものを。

成り行きで連れてきてしまったのだから、できるだけ不自由ない生活をさせてやりたい。

「あの、白妃様。いっしょにいた男の方って、いったいどのような御方なのですか」

――主の交友関係を探ろうとするなんて、好奇心が旺盛《おうせい》らしい。

「宦官だ。私のお目付け役だよ」

そういうことにしておく。

鈴花にも彼がどんな人物かはわからない。だが、正体を探ろうとすれば、泥沼にはまりそうで、できれば一生知りたくない。

(深入りはしない方がいい)

――それがわかっていながらも興味が湧くのを止められないのだから、もうどうしようもない。

抱きしめられた感触も、いまだに忘れられない。体温が、熱が、引かない。

(……焔は、私のことをどう思っているのだろう)

――そこまで考えて、鈴花は思考を止めた。このままでは本当に泥沼にはまりそうだ。

「ところで、琳琳」

「はい」

「私の女官として働くなら、私の秘密を知ることにもなるだろう。しかし、その情報は絶対に他言してはいけない」

一応釘《くぎ》を刺しておく。

「も、もちろんです。墓まで持っていきます」

鈴花は少し眉を顰める。

「――墓まで、では足りないな。もし幽霊になったとき、秘密を漏らすかもしれない」

鈴花の脅しが怖かったのか、琳琳は大きく左右に首を振った。

「い、言いません。絶対に言いません！」

「冗談だよ」

鈴花は笑いながら、琳琳の手に琥珀糖を一つ握らせた。――南宮で出会ったときに渡したものと、同じものを。

琳琳は目を白黒させながら、鈴花と琥珀糖を交互に見る。

驚きと戸惑いに顔を赤くする琳琳に笑みを返し、鈴花は部屋に戻っていった。

◆◆◆

夕餉の後、眠気が頂点に達した鈴花は、早々に寝床に就いた。

(幽霊調査……なかなか面白かったな。一日で終わってしまったのが残念だ)

広い寝台に身体を沈め、目を閉じると、落ちるように眠りにつく。

そのまま静かに夜が更けていき――真夜中。鈴花は部屋の冷たさに震えて浅く覚醒した。

――寒い。

冬の訪れには、まだ早いのではないだろうか。掛け布団を被《かぶ》りなおそうとして、身体が動かないことに気づく。

そうしている内にますます部屋が冷えていく。

窓を開けていただろうか。閉めないといけないと思うのに、やはり身体が動かない。

身体は眠ったままなのに、意識だけがある。

目を閉じているはずなのに、何故か部屋の様子が見える。

暗闇に閉ざされた部屋の中で、この世のものではない存在が、枕元に立っていた。

女だ。細く、白く、儚《はかな》げな女。

その身体は仄《ほの》かに透き通っている。

――幽世の存在――幽霊だ。

表情は見えない。だが、どこか悲しげだった。

『――わたしの死体を見つけてください』

か細い声が、柳の葉音のように響く。

――その刹那、鈴が鳴った。

身体に宿る神鈴が、叫ぶように強く鳴り響く。

鈴花はぐっと身体を動かし、目を見開き、手を伸ばして幽霊の腕をつかんだ。

『ひぃぃぃぃぃ！』

まさか触れられるとは思っていなかったであろう幽霊からは驚きと恐怖の悲鳴が上がる。鈴花は更に手に力を込める。

「――死体は後宮にあるのか？　具体的な場所は？　そもそもお前は誰だ？　名前を言ってみろ」

詰問するが、幽霊は涙目で震えるばかりで答えない。

しかし瞬間、周囲の景色が入れ替わる。

——暗く、果ての見えない石室。

それは、鈴花が知らない場所だ。つまり、幽霊が鈴花に見せている光景だ。

「この場所は？」

問いかけても幽霊は答えない。瞬く間に視界が白くなっていく。景色が消えていく。

——そして、鈴花は今度こそ目を覚ました。

朝の光が窓から漏れ込み、鈴花はいつもと同じように、寝台に沈んでいた。

幽霊の姿も気配もどこにもない。

だが、夢だったとは思えない。

はっきりと覚えている。幽霊の姿も、石室の光景も。

「……こちらが、幽霊騒動の本命か？」

鈴花は自分の手のひらを見つめる。

幽霊に触れたときの冷たさが、まだはっきりと残っていた。

（まさか、幽霊に触れられるとはな）

初めての経験だ。

（この世のことも、あの世のことも、自分のことも、まだまだ知らないことばかりだ）

新鮮な驚きに感動しながら顔を上げたそのとき——奇妙な感覚がした。

部屋の様子がおかしい。昨日と何かが違う。

違和感の正体にはすぐに気づいた。机の上に、昨日寝る前にはなかったものが並べられていた。墨で字が書かれた竹簡が、五本。

「この竹簡は……」

練習で書き綴《つづ》った竹簡だ。いまは琳琳が寝ている部屋に置いてあったはずのもの。

鈴花は部屋を出て、琳琳の様子を確認しにいく。

彼女は寝台にもたれかかるようにして眠っていた。昨日片付けていたはずの竹簡は部屋に散乱していて、まるで目的のものを探し出そうとして散らかしたかのようだった。

(これは……おそらく、幽霊に操られたのか)

同じ幽霊か、はたまた別の幽霊か。彼か彼女かは琳琳の身体を使って竹簡を探し、鈴花の机の上に並べたのだろう。琳琳を起こして問いただしたとしても、きっと何も覚えていない。

幽霊というものは、時折そういうことをする。自分の意思を伝えるために、他人に乗り移ったりものを動かしたりする。とはいえ、普通の人間はなかなか憑《つ》かれないものだ。

死んだ人間よりも、生きている人間の方が強い。

それでも操られたとなれば。

(琳琳は、霊媒の才があるのか?)

——幽霊に憑かれやすい才能が。

寝ている琳琳を起こさないように、そっと部屋に戻る。

そして、机の上の竹簡を改めて眺める。

幽霊からの伝言を。

中心絶秘如深淵——心の中の秘められた感情や思いは、深淵《しんえん》のように計り知れなく深い
央昔後宮寂寥声——中心に位置する後宮の中には、昔も今も、その静かで孤独な響きがある
宮殿月夜秘言辞——宮殿の月夜には、秘められた、誰にも知られない言葉や話が囁《ささや》かれている
野草風吹揺迷思——野の草が風に吹かれて揺れる様子は、私の迷いや考えを表しているかのよう
下日黄昏心安和——日が沈む黄昏《たそがれ》の時間、心は平和で安らかになる

竹簡はすべて鈴花が書いたものだ。

別々の機会に書いたものが、一つの詩を綴るように並べられている。

「……この詩に、何か意味があるのか……？」

問いが、早朝の部屋に空《むな》しく響く。

鈴花は目を閉じて、幽霊が見せた石室の風景を思い出そうとした。だが、思い出そうとすればするほど、細部が曖昧になっていく。それこそ、夢のように。

（地下のようだったが……あんな場所が後宮に？）

地下となれば、牢屋だろうか。地下牢の遺体が片付けられずに放置されていて、その境遇を不服として、訴えに来たのか。

牢に入れられかけたことのある鈴花はぞっとする。あんな冷たくて暗いところに閉じ込められたら、きっと正気ではいられない。

（いったいあの場所で何が起こり、埋まっているのか。幽霊の死体があることは間違いないが）

あまり近づきたい場所ではない。だが。

（……これを解決しないことには、幽霊騒動は終わらないのだろうな）

放っておけば、また琳琳が幽霊に憑かれかねない。他の被害も出かねない。そうなれば、勅命を果たせなかったことになる。

――それは、嫌だ。

鈴花は立ち上がった。

竹簡の詩を、並べられた順番通りに紙に書き写し、竹簡自体も紐で縛って並びを固定する。

そうしている内に、琳琳の驚きの声が響いてくる。

片付けたはずの竹簡が部屋中に散乱しているのだから、さぞかし驚いていることだろう。

鈴花が部屋に行くと、琳琳は既に片付けを始めていた。

「――大丈夫か？」

「あっ、白妃様、おはようございます……！　すぐに片付けますので――いえ、その前に白妃様のお手伝いを――」

「いや、私のことは後でいい。琳琳、昨夜のことを何か覚えているか？」

幽霊に操られたであろうことを言うべきか考えながら、問う。普通の人間は幽霊に憑かれたと聞いていい気はしないだろう。知らない方がよいこともある。

「あの……たぶん、またやってしまったのだと」

「また？」

「あたし、寝ているときに時々変な行動をすることがあって――そのせいで、家でも……」

琳琳ははっと息を吞む。

「あ、でも、滅多にないですから！」

慌てて弁解する姿は、怯えているようにも見えた。

（家でも、何だ？　霊媒体質のせいで冷遇されていたのか？　だから帰りたがらなかったのか？）

そしていまもまた怯えている。

「いいんだ、琳琳。散らかったら片付ければいいだけだ。それに、きみは何も悪くない。寝ている間のことなんだから」

幽霊は自分が入ることのできる器を利用しているだけだ。琳琳本人は何も悪くない。

微笑みながら言うと、琳琳の強張っていた顔がわずかに和らいだ。

「落ち着いたら、一つ仕事を頼みたい。天寧宮に、白鈴花から皇帝に話があると伝えておくれ」

「――は、はいっ！」

その後は、琳琳の手も借りて身支度をして、琳琳が西宮で過ごすための身の回りのものを整えていく。

そうしている間に、天寧宮から返答が来る。

今日の夜に来るように――とのことだった。

◆◆◆

――夜。

回廊の灯籠に火が灯り始める。ぽつぽつと順番に灯されていく火が、暗闇を緩やかに払いのけていく。

静かな回廊を、鈴花は一人歩く。紅葉の合間から見える月は、どこか物寂しげな顔をしていた。

天寧宮に到着すると、そのまま皇帝の部屋にまで通される。

部屋には相変わらず緞帳がかけられていて、中と外が区切られている。その向こう側にいる皇帝に、調査の進捗を報告した。

「後宮の北側で、狸と、行く当てのない女官を見つけました。紅妃の元女官です。――その二つが、幽霊騒動の原因の一部でしょう。女官の方は、紅妃の遺志を継ぎ、私の女官にしたいと思います。よろしいでしょうか?」

皇帝が報告を聞きながら何を思っているのかは、緞帳に隠れて読み取れない。

「構わん」

返事は簡素で、充分だった。

「ありがとうございます」

「それで、騒動は解決か?」

「いえ、まだ終わっていません」

「……申してみよ」

「昨日の夜更け、私の枕元に女の幽霊が立ちました。その幽霊こそ、幽霊騒動の大本《おおもと》かもしれません」

「…………」

返答がない。息遣いも聞こえないほど遮られているため、どんな反応をしているのかわからない。

構わず、鈴花は続けた。

「彼女の真意を探ってみたいと思います。少々、骨が折れそうですので、また人を貸してくださいますか？」

「わかった」

「――できれば、焔以外のものを」

――沈黙が、訪れる。

妙な間が空き、鈴花は緊張を覚えた。

皇帝の反応は読み取れない。だが、何故か、わずかに動揺しているようにも感じられた。

「……粗相でもしたか」

「いえ、彼はよくやってくれています」

きっぱりと言い切る。

皇帝からの心証が悪くなってしまっては、彼の将来に影響してしまう。

――事実、焔はよくやってくれている。鈴花の考えと行動に、ちゃんと付き合ってくれる。意思を尊重してくれる。だからこそ、このあたりで線を引いておかないといけない。

――でなければ、甘えすぎてしまう。

心地のよさに甘えすぎて、仲を妙に疑われたり、あらぬ噂《うわさ》を立てられたりすれば、彼の立場が悪くなる。

龍帝国に生きるものは、皇族の意思一つで運命が変わる。生と死すらも。

それだけは避けなければならない。

「単なる私の我儘です」

「お手を煩《わずら》わせて申し訳ありません。よろしくお願いします」

「……考えておこう」

◆◆◆

翌朝の空は、灰色にぼやけていた。

庭の紅葉が、乾いた風に揺れながらひらひらと地面に落ちて、深まる秋を感じさせた。

風は淡い花の香りを纏わせながら、西宮の窓の帳《とばり》を揺らす。

朝の身支度を終えた鈴花は、窓辺に座りながら琳琳が部屋を掃除する様子を見ていた。燭台《しょくだい》の灰や床、家具の裏側まで、細かく綺麗にしている。その手際の良さには感心するばかりだ。

そして、鈴花は手持ち無沙汰だった。あまりにもやることがなくて、棚に置いてある水晶の小鳥の置物を窓辺に移したりなどする。以前に蒼月瑛《ソウゲツエイ》からもらったものだ。外に向けてかざすと柔らかな光が透き通って、きらきらと輝く。

――紅妃と黒《コク》妃がいなくなって以降、後宮は静かなものだ。いま皇帝の寵愛は蒼月瑛に注がれているのだろうか。

(新しい妃が来る様子もなければ、下級妃が出てくる兆《きざ》しもない。これでは、次代の龍器が生まれるのはいつになることやら)

考えても仕方のないことを、ついつい考えてしまう。

「――白妃様、こちらはどうしましょう?」

琳琳が竹簡の並ぶ机の前で言う。幽霊の並べた竹簡はずっとその場所に置いたままだ。

「そのままにしておいてくれ」

竹簡の並びだけではなく、置かれた場所にも何か意味があるような気がして動かせない。

「はい、わかりました」

――そうしている内に、後宮女官により朝餉が運ばれてくる。

鈴花がそれを完食すると、空になった膳を琳琳が下げながら言う。

「それでは、少し出てきますね」

御膳所へ戻しにいくついでに、自分の朝餉も食べて、更には他の用事もしてくるだろう。

その背中を見送り、鈴花は自室で一息つきながら再び竹簡の意味を考える。だが、いくら考えても答えは出ない。

(集中できないし、落ち着かない……ああ、そうか。私は緊張しているのだな……)

皇帝に嘆願した、新しい手伝いの人間がやってくるのはいつか。

今度はどのような者が選ばれてくるのだろうか。

あまり気を遣わない相手ならいいのだが――微かな希望を抱きながら、窓から外を眺める。

(焔は今頃、仕事に励んでいるだろうか)

彼にとっては、幽霊騒動はもう終わったことだ。本来の職務に戻っていることだろう。

焔は有能だ。きっとすぐに出世する。足を引っ張るわけにはいかない。

静かに来訪者を待っていると、こちらへやってくる黒の武官服の姿が見えた。

鈴花は目を見開き、そして口元を歪ませる。

(――あの皇帝、人の話を聞いていないな)

皇帝は鈴花の要望を聞く気がまったくないらしい。それとも他に適当な者がいなかったのか。

――やってきたのは、焔だった。

(どうする？　どうすればいい？)

困惑する。時間がない。どんな顔で会えばいい？

頭を抱えながら、焔の姿を見つめる。

だが、焔は近くにまで来たものの、なかなか宮の方へ来ない。

宮のすぐ近くで、何も言わずに立っている。身に纏う黒の武官服が、何とも言えない威圧感を周囲に漂わせていた。

(……何をやっているんだ……誰かに見られたらどうする……)

鈴花の方が待ちかねて、自分から宮の入口に行く。

外に出ようと扉を開けた、その瞬間――いままさに扉に手をかけようとしていた焔とかち合った。

「…………」

「…………」

お互い挨拶《あいさつ》もないまま、その場で固まる。

目が合うも、お互いにすぐに逸らす。

――また、無言が続く。

ちらりと表情を見る。焔の瞳はいつもより少し陰っていて、その視線は鈴花を避けていた。

鈴花もまた、焔の顔をまともに見れずにいた。

言葉を交わす前から、初秋の霧のように空気が重たい。

(どうやら、焔以外の者を寄越せと言ったことは、本人に伝わっているようだな……)

どんな伝え方をしたのか。気まずいことこの上ない。

「──白妃様。何なりとお申し付けください」

長い沈黙の末、ようやく紡がれた言葉には緊張が滲んでいた。

鈴花は一瞬呆然とし、思わず吹き出す。

「ふっ……あははっ。何だ、畏《かしこ》まって」

笑ってはいけないと思いつつも、あまりのおかしさに笑いが止まらない。

涙が滲むほどひとしきり笑った後、呆然としている焔を見上げる。

ようやく、視線が交わる。

そのことに、ひどく安堵した。

「いままで通りでいい。いままで通りでいてくれ。私もお前も、同じく皇帝陛下の臣下だろう。私はただの四妃の一人だし。しかも一番地位の低い」

「そんなことは──」

焔は言葉を続けようとするが、鈴花が微笑むとそれは途切れた。

鈴花は自分の立場をよくわかっている。後宮にいながら寵愛を受けていない妃など、どんな価値があるというのか。

鈴花の本当の価値は、皇帝と皇太后以外の誰にも知られてはいけないことだ。

そして、誰にも知ってほしくない。

――特に、彼には。

「それで、手伝いの人間は、お前のままということでいいのか？」

「――白妃の言葉は聞いている。どうしても嫌なら、もう来ない」

「……そうか」

鈴花は静かに頷いた。

「私が、他の人間を寄越してほしいと言ったのは事実だ。私は、お前に甘えてしまう」

「――俺は、あなたを助けるためにここにいる。好きに使ってくれたらいい」

「二言はないな？」

「ない」

「――わかった。お前がいいなら、頼りにさせてもらおう」

言うと、焔は何故か驚いたような顔をしていた。

「どうした？」

「いや……本当に、いいのか？　……俺は、とんでもなく礼を欠いたことをしたのだと思って……」

大きな身体が、やけに小さく見える。

「お前は最初から無礼だったよ」

氏も正体も明かさない。そしてそれはいまもだ。

「それが私には心地よかった。こちらも気を遣わなくていいからな。だから、いままで通りでいてくれ」

鈴花は冗談に本心を織り交ぜながら、笑う。

「ただ、誤解されるようなことだけはしない方がいいな。私との関係を邪推されたら、お前も困るだろう?」

「…………」

「まあ、他人のことはいいか。皇帝にだけは誤解されないようにしよう」

言い終わった瞬間、雲が薄くなってきて周囲が明るくなっていく。

どうやら今日は、これから晴れてくるらしい。

「さて、仕事の話をしよう。自分で志願したからには、たくさん働いてもらうぞ」

鈴花はくるりと踵《きびす》を返す。裾《すそ》をふわりと翻《ひるがえ》して、焔を西宮の中に招き入れる。

「幽霊が私の枕元に出た。どうやら自分の死体を見つけてほしいらしい」

「死体を……?」

「ああ。どうやらこちらが幽霊騒動の本命なのだろう」

焔は一瞬戸惑っていたが、すぐに中に足を踏み入れた。

彼を案内するように、前を歩いて部屋に向かう。

「死体があるのは、普通に考えれば墓地か安置所だが、幽霊に見せられた風景は墓地ではなかった。地下の、広い場所だった」

静かな宮に、鈴花の声と、二人分の足音が響く。

いまこの宮には二人きりだ。琳琳はもうしばらくは戻ってこない。

「後宮内で誰も来ず、死体が転がっているような場所に心当たりはあるか?」

「……思い当たるのは遺体の安置所ぐらいだが……いまそこには何もない」

「そうか」

探してくれというぐらいだから、すぐに見つかる場所ではないはずだ。そこは違うだろう。

「あとは——後宮には、使われていない部屋や通路、隠し部屋もあると、噂を耳にしたことがある」

「お前はそういう人目につかない場所を通って、西宮まで来ているのか？」

焔は後宮で目立つ風貌だ。なのに、鈴花が女官の姿で歩き回っているときも、彼の噂はまったく聞かない。女ばかりの、そして刺激が少ない後宮だ。誰かに見られれば騒がれるはずなのに。

「……それは言えない」

「別に構わないさ。これからそこを一つずつ見ていくことになるからな」

「開放されている場所ばかりではないぞ。そんな簡単に行くかどうか——」

「幽霊騒動の調査は、皇帝の勅命だぞ？　大抵のことは大丈夫だ」

「…………」

「だがそれよりも先に、解決すべき問題がある」

鈴花は自室の中に入る。

「——来てくれ」

焔を促すが、なかなか部屋の中に入ろうとしない。

とても落ち着かなさそうで、視線は何もない廊下の隅を見ている。

「……部屋に招くのは、さすがに不用心ではないか？」

「何を言っているんだ。何かあったらお前が守ってくれるんだろう？」

「……それは、そうなんだが」

「いいから机の上を見てくれ。幽霊からの伝言だ」

更に促すと、観念したように入ってくる。

「幽霊の夢から覚めたときに、私の書き損じが勝手に並べられていた。ここに幽霊が伝えたいことが書かれているのだろう。順番が入れ替わらないようにしている」

詩が書かれた竹簡を見せる。あまり見せたいものではないが、重要な手がかりだ。

込められた謎が解き明かせないいま、他者の視点と意見が欲しい。

焔の無骨な長い指が、緊張を纏いながら竹簡に触れた。

「――こんな暗い詩も書くのか」

「ただの練習だ。表には出さない」

寂しげな詩も書くが、暗い詩は表には出さないようにしている。もちろん詩会でも。

しかし明るい詩ばかり考えるのも、それはそれで気が滅入《めい》るものだ。

だから時折、鬱憤《うっぷん》を晴らすように、陰と陽の調和を取るように、思いついたことを書き散らす。

(……ん？　焔は私の普段の詩を知っているのか？　後宮の外にまで知られているのは、なんとなく嫌だな)

焔の指先が各文字に触れていく。しっかりと一つずつ確認するように。真剣に文字を追うその横顔に、鈴花はいつの間にか見入っていた。

「……内容よりも、順番に意味があるのか？」

鈴花にではなく己に問うように、声を零す。

「あ……うん、そうかもな……」

なんとなく気恥ずかしくなってきた刹那——雲を割って太陽の光が差し込んでくる。

光は窓辺に置いていた水晶の小鳥によって屈折し、竹簡の上端に一条の光を落とす。竹簡の一番上の文字だけが浮かび上がり——鈴花は目を見張った。

「中、央、宮、野、下……」

各詩の一番上の文字だけを読んでいけば、何とも意味ありげな言葉になる。

「中央の宮の下……天寧宮の地下——なるほど、詩の意味は関係なかったということか！」

解けてしまえばなんてことはない謎だ。

すっきりとする鈴花とは対照的に、焔は何故か複雑そうな表情をしている。

「天寧宮の地下を探るのか……」

「せっかく幽霊がくれた手がかりだ。焔、早く行ってみよう」

◆◆◆

鈴花は「出かけてくる」とだけ書いた竹簡を机に置いて、黒絹の肩掛けを手に取って頭にかぶる。

——白く長い髪は、よく目立つ。

術で染める方が確実だが、焔の前で術を使うのは憚《はばか》られる。秘密は多い方がいい。

西宮を出て、まっすぐに天寧宮に向かう。後宮の中央に位置する、豪華絢爛で厳かな、皇帝の過ごす場所へ。もちろん正面からは入らない。人の気配の少ない——だが厳重に警備されている裏口から、焔は宮の中へ入った。

（こんな裏口があったのか……）

何年も後宮に住んでいても、知らないことばかりだ。妃たちの住む宮は造りがほとんど同じだが、天寧宮はまったく構造が違う。

「——白妃。すまないが、ここからは目を塞がせていただく」

「ああ」

警備上の問題だろう。異存はない。

柔らかい布で目隠しをされる。落ちたり、ずれたりしないようにしっかりと、だが、きつくはない程度に結ばれる。

手袋をはめた大きくて硬い手に引かれて、ゆっくりと天寧宮の中に入る。

一歩中に入ると、ひんやりとした空気が身体に触れた。表の豪華絢爛さとは裏腹に、裏側はひたすら静かだった。

視界が遮《さえぎ》られていると、他の感覚が鋭くなる。どこかから聞こえてくるわずかな物音に、足元の石の感触。自分自身の鼓動まで、いつもより強く感じられる。

どのあたりを歩いているかはさっぱりわからないが、漂う薄い香りが芳《かぐわ》しい。

怖さはなかった。むしろ安心感すらある。足元は基本的に平坦で、段差がある時は手前で止まり、言われた通りに足を上げて越えていく。

時折わずかな傾斜がある。どうやら、低い場所に向かっているようだ。

微かな金属の音が聞こえることもあった。何かの仕掛けを動かしているのだろうか。

手袋をはめた焰の手が、鈴花の手をしっかりと握っている。その手に一瞬力がこもり、鈴花も一瞬緊張する。しかし、その手の温かさを感じると、緊張も徐々に安心に変わる。

ついに、足が止まった。

――おそらく、警備の人間と何かのやり取りをしているのだろう。静けさの中で聞こえた囁き声は落ち着いていて、それでいて緊張感を帯びていた。

「他言無用だ」

焔の硬い声が聞こえる。そのわずか後に、重い扉が開く音がした。

また手を引かれて歩き出すと、背後で扉が閉まる。

さきほどよりも湿った空気が、鈴花を包み込んだ。

「――白妃、ここで目隠しを解く」

「ああ」

いったい何が見えるのか――期待に心を昂《たかぶ》らせていると、焔の手がするすると目隠しを外す。

暗闇の中、足元の方で、ぼんやりと黄色がかった灯火が揺れている。

それに照らし出されていたのは、四方が石で覆われた通路だった。

焔の足元には提油灯が置かれていた。油を燃やして火を灯す、金属製の手持ち照明だ。

後ろを振り返ると、きっちりと閉じられた分厚い扉が見える。

「――まるで、黄泉に下りていく道のようだ。天寧宮にこんな場所があるのか」

「……怖くないのか?」

気遣うように訊いてくる。

「全然」

そんなことよりも、こんな場所を知っていて、入る資格を持っている焔の素性の方が気になる。随分と皇帝の信が厚いようだ。

だが、あえて訊かない。

お互い、秘密は多い方がいい。

鈴花は再び周囲の様子を見る。提油灯の光が、長い年月を経ている石壁を照らしている。前方には暗闇と、階段の一部が見えている。

階段は、どこまでも深く延びている。本当に黄泉の国まで続いているかのようだ。

「――行くぞ」

焔はゆっくりと提油灯を持ち上げ、階段を下りていく。鈴花もそれに続いた。

ぼんやりとした灯が、油の香りを纏いながら深い地下階段を照らす。

一段下りる度に、ひんやりとした空気が触れる。

靴が石段に当たる度に、音が奥深くまで反響していく。

(幽霊に見せられた光景と似ているな……)

こんな場所が後宮にあるなんて、不思議な心地だ。建造されたのはかなり昔のことだろう。

まるで、この場所に蓋をするために、後宮が造られたかのようだ。

「……もしかしたら、皇帝は全部わかっていて、あえて私たちに幽霊騒動の調査をさせているのかもしれないな」

皇帝の心の内など鈴花にはまったくわからないが。

何か意図があって、幽霊騒動などという大して害もないものを調べさせ、ここまで誘導しているのかもしれない。この奥にある秘密を暴かせるために。

「……いや。おそらく、そこまで考えていない」

「私に無礼なのはいいが、皇帝にその態度は感心しないな」

「…………」

反省したのか口を閉ざす。その後はしばらく無言で階段を下り続ける。

「……白妃は、帝のことをどう思っている？」

問われ、鈴花は一瞬息を詰まらせた。どうしてそんなことを訊いてくるのか。

「……他言するなよ」

「しない」

「何を考えているのかわからないし、人の話は聞かないし、姿も知らないし、よくわからない」

日頃抱いている不満をあけすけに口にする。

鈴花は皇帝がわからない。

稀《まれ》に言葉を交わしても、どんな国づくりがしたいのか見えてこない。鈴花のところには政治の話などほとんど入ってこないが、それを差し引いても、皇帝の人となりが見えない。

政治のほとんどは重鎮と高官たちが行っていて、皇帝はそれを承認しているだけとすら思えてくる。

そして実際そうなのだろう。

「せめて、どんな未来を見ているかを知りたい」

知ったところで、鈴花には何もできないだろうが——名前だけでも、妃の一人なのだ。

「それができたら、お前のように……少しでも、力になれるかもしれない」

考えるのもおこがましいことかもしれないが。

「他言するなよ」

「しない。するものか」

約束を破りそうにない強い声に安堵する。

その時、ずっと続いていた階段にも終わりが見えた。無事に最後の一段を下りて、ようやく平たい安定した場所に着地する。

(更に冷えてきたな……)

黒絹の肩掛けを首元に巻き付ける。

「白妃、大丈夫か?」

「ああ」

その時、通路の奥の方から微かな音が聞こえてきた。か細い声——風の音ではない。

「誰だ!」

焔が声を荒げ、誰何《すいか》する。

しかし、反応はない。残響だけが重なっていった。

「白妃、警戒しろ」

焔が提油灯を声の方に向けると、一瞬、きらりと光が反射する。

暗闇に浮かび上がったものは、扉だった。

「……どうやら、ここで間違いなさそうだ」

鈴花は張り詰めていた息をふっと吐く。

声の先にあったもの——それは金属製の厚い扉だった。

声は、その奥から隙間を通って聞こえてきたのだ。

鈴花は扉をじっと見つめる。固く閉ざされた扉には、青龍、白虎、朱雀《すざく》、玄武——東西南北を司《つかさ》る神獣と古代文字が緻密に彫られ、幽玄の美しさと、不穏な気配を湛《たた》えていた。

「ふふ。随分大仰なことだ。さて、この先には何があるのか」

「——古い霊廟《れいびょう》だ」

あっさり答えが得られて、鈴花は目を瞬《しばたた》かせる。

どうして扉の向こうを知っているのか。

皇族か一部の重鎮ぐらいしか知らないようなことを。

——まさか、焔は皇族なのだろうか。

(いや、まさか)

皇族は五年前の病でほぼ死んだ。男で生き残ったのはいまの皇帝だけだ。

(ならば、焔が皇帝……？　いやいや、ありえない)

皇帝はごく一部の人間にしか姿を見せない。こんな風にふらふらと動き回っているなんて、周囲の人間が許さないだろう。

何より彼は皇帝らしくない。

(ひっそりと、身分の低い母親から生まれた兄弟とか……いや、さすがに突拍子もない)

妄想が過ぎる。もしそんな存在が密《ひそ》かにいたとしても、大切な皇族男子が、鈴花の目付け役として扱《こ》き使われているはずがない。

(ならば、よほど高位の貴族の子息か?)

貴族ならば、少なからず皇族の血を引いている。その関わりの中で、後宮地下の秘密も知ったのかもしれない。

高位貴族ならば、いままでの無礼な態度も、少しは納得できる。

——だがそうなると、宦官ではない、ということになってしまう。妃が宦官ではない男と二人きりになるなど、あまつさえ部屋に招くなど、あってはならない。

それに、焰は間違いなく市井育ちのはず——いや、これは単なる鈴花の勘だが。

そして鈴花は焰の正体について考えるのを止《や》めた。いま向かい合うべきは、この扉と奥の霊廟だ。

「鍵穴すらないな。どうやって開けるんだろう……」

開けるために手をかける場所すらないとなると、押すしかなさそうだ。

「焰、押してみてくれ」

力仕事を任せる。焰は提油灯を置き、扉に手を当て、思いっきり押し始める。

——だが、ぴくりとも動かない。

「……駄目だ。まったく動く気配すらない」

「そうか、ご苦労。だが、困ったな」

「……幽霊の死体探しはここまでだ。もう戻ろう」

焰は提油灯を拾い上げ、来た道を戻ろうとする。

だが、鈴花は動かなかった。

「――焔、私たちは幽霊騒動の解決という勅命を受けている」

「それはそうだが……」

「それに、ここで諦めたら私は幽霊に安眠を妨害され続ける。ならば、開ける以外に道はない！」

鈴花は古い扉の表面に手を触れた。もちろん力押しなどしない。

扉に刻まれた四神と古代文字の凹凸に触れ、じっと見つめる。

この場所に、この扉に、長い歴史と深い神秘を感じる。

（やはり、術が施されているのか……）

――鈴を鳴らす。身の内に宿る神鈴を。

「……いまの音は……？」

焔が不思議そうな反応をする。

「私の音だ。白家の力を使うと、この鈴が鳴る」

帯の上に巻いている空鈴に触れ、嘘《うそ》と真実を織り交ぜて言う。

本当に鳴ったのは、手で触れられる鈴ではない。鈴花の中の神鈴だ。

だがやはり、扉は開きそうになかった。

神力でも、手で押してみても、扉はびくとも動かない。長い年月の積み重ねによって癒着《ゆちゃく》しているのか、術が施されているのか、あるいは両方か。しっかりと封印されている。

（何か変化があったように感じたのだが――……まだ足りないのか？）

自分ではこれ以上どうしようもないと判断し、焔の方を振り返る。

「焔、この封印を解く方法、何かわかるか？」

鈴花が問いかけた刹那――

「鈴花！」

焔の声が響き、強く腕を引かれる。

その一瞬後、扉から弾《はじ》けるような轟音《ごうおん》と青い閃光《せんこう》が迸った。

（いったい、何が――）

困惑しながら扉の方を見ると、焔の背中と、その向こうに奇妙な獣の姿が見えた。

獅子《しし》のような獣面に、鷺《さぎ》のような鳥身――それは四神のいずれにも属さない霊獣だった。

焔は即座に剣を抜き、一瞬の迷いもなく霊獣へ振り下ろす。

――一閃《いっせん》。

光が霊獣を斬《き》り伏せ、霊獣はたちまち霧散した。

再び、静寂が訪れる。

「白妃、大丈夫か？」

「あ、ああ……」

鈴花は頷き、床に落ちている提油灯を拾い上げる。幸い、火が消えてもいないし壊れてもいない。

（驚いた……）

霊獣にもだが、それを斬り伏せてしまった焔に。

「お前の剣は、さすがだな」

感嘆の声を漏らすと、焔は少しだけ困ったように、だがどこか誇らしげな顔をした。

「先ほどのはおそらく、道士か仙人が施した守護霊獣だろうが……迷いなく斬ってしまうなんて」

「無我夢中だっただけだ。身体が勝手に動いていた」

苦笑しながら、剣を鞘に納める。

「しかし、驚くほど手応えがなかった。まるで霧を切ったようだった」

「幽霊と同じようなものだからな。嚙まれても怪我はしないだろう。正気ではなくなるだろうが」

焔が顔を青ざめさせる。

「……とんでもないな」

「焔のおかげで助かった。厳重な封印ももう解かれているようだ」

鈴花が扉を軽く押すと、ゆっくりと奥に向けて開き始める。まるで古木が悲鳴を上げているかのような音を立てながら。

「ここまでして、何を封じていたのか――」

提油灯を奥に向けて掲げると、深く暗い闇に光が差し込む。

どこまでも深い静寂。その奥にあるものに、鈴花は息を吞んだ。

「……これはとても、皇族の霊廟とは思えないな」

扉の奥にあったものは、広大な空間に転がる、無数の白骨死体だった。

「なんだここは……いったい何が行われていたんだ……？」

焔が嫌悪感を露《あら》わに呻く。

無造作に散らばる人骨の周りには、何かの祭事か儀式が行われたような痕跡が残っている。

何かが詰められていたらしき瓶、古い巻物に符、人の髪と思われる束、亀の甲羅、動物の骨。

──それらが、おぞましくもどこか神聖ささえ感じるのは、長い年月を経て、すべてが風化してしまったからだろうか。

鈴花は光の届かない高い天井と、部屋の奥の闇を見据えながら、考えた。

そして、一つの仮説が思い浮かぶ。

「──焔、龍脈と龍穴の話を知っているか？」

「……だいたいは」

「なら話が早い。龍脈は、大地の力。龍骨山《りゅうこつさん》の頂から続く龍脈は、いくつもの霊山の尾根を伝って下界まで流れてくる。その龍脈の力が溢れる場所を、龍穴と呼ぶ。都は通常、龍穴の上につくられる。もちろん、この都もそうだ」

──鈴花も古き神の末裔《まつえい》である白家の娘だ。

このような話は昔から聞かされてきた。

「残念ながら、龍穴の力は時を経るごとに弱まる。そうなれば別の龍穴へ遷都するものだが、ここの都は長らくここにある。長い時間で立派な都に育ち、地形的にもこれ以上の場所はない。だから、動かし難かったのだろう」

いまの都は理想的な位置にある。

大河に近く、海からはやや距離がある。平野は広く農耕に向き、立派な街道も何本も通っている。背後に自然の要害である山岳がそびえている。

国の要として相応しい場所であり、外敵からも守るに容易《たやす》い場所だ。

この場所以上に都に相応しい土地はなかなか見つからないだろう。

「しかし、龍脈の力は弱まっていく。そこで——……龍脈の力を補うために、生贄《いけにえ》を捧げることを考えたのかもしれない。だとすれば、この光景も説明がつく」

「——そんなことが可能なのか？　生贄で、龍脈を復活させるなど——」

「さあ。私は聞いたこともない。だが、追い詰められた人間は、何にでも縋《すが》るものだ。ただ……長らく新しい生贄が増えていなさそうだということは、そういうことなのだろう」

すべては無意味だったと。

そして、この場所ごと廃棄された。

きっとこの都は、滅びる寸前までこの場所にあるだろう。

「…………」

焔は押し黙る。己の無力さに押し潰されそうな——それを強い怒りで支えているかのような沈黙だった。

鈴花は、他に何か手がかりはないかと、石室の中を歩く。

そして、一組の白骨に目を奪われた。

「——このあたりは、そう古くないな。とはいえ二十年ぐらいは経っているか……大飢饉《ききん》に見舞われた頃のものだろうか……これより新しそうなものもないし、ここで試みは終わったか……」

女性の衣は色褪《いろあ》せていたが、かつては美麗だったのだろう。豪華な刺繍はないが、時を経ても優雅さを保っている。下級妃のものかもしれない。

鈴花は記憶を掘り下げていく。

「その頃と言えば、『黒天狼《こくてんろう》の金喰《かねば》み』か……？　それも、二十年ほど前だったか……？」

「──『黒天狼の金喰み』なら、十八年前だ。俺の生まれ年と同じだから、よく覚えている」

「そうか。焔は十八なのか。私と三つ違いだな」

呑気《のんき》に言うと、焔は微かに笑う。

「ならこれも知っていると思うが、その年は何十年かに一度の凶兆がまとめてやってきた」

「…………」

「昼間なのに太陽が隠れて夜となったり、夜空に巨大な箒星《ほうきぼし》が現れたり、地震があったりしたそうだ。そして、長命をもたらす龍泉水《りゆうせんすい》すら涸《か》れた。時の皇帝はそれを、龍脈の力が弱まったからと考えたかもしれない」

「そのために……生贄にされたと言うのか」

「状況だけ見れば、そんな結論になる」

優雅な衣を纏う女性の骨の隣には、男性の骨が寄り添うように存在していた。彼の服装は、高位貴族が着るような重々しさがあった。

そして、二人の手首の間には、緋色の紐の輪が落ちていた。

かつて二人を結んでいただろう緋色。死しても離れずにいようと巻いたのかもしれない緋色。

それが滑り落ちてしまっても、骨となっても寄り添い、その手は力強くお互いを結んでいる。何があろうと手を離さなかったのだ。

「…………」

そこから鈴花が見えたのは──

下級妃が、皇帝以外の恋人と逢瀬《おうせ》を重ね、それが露見して共に罪人として生贄にされた──という物語だった。道ならぬ恋人たちの、成れの果て。

「……焔？」

焔がその二人を見る目は、怖いくらいに真剣だった。

「……この衣、俺が夢で何度も見たものだ」

「…………」

「……ここに、いたのか……ずっと……」

重い声で呟く。

（焔も見ていたのか……幽霊の夢を……）

そしてその時、鈴花は思い出した。

――後宮入りして少し経った頃に、西宮の庭で出会った宦官の少年を。

彼は、幽霊を探していると言っていた。

その時の少年の姿が、いまの焔と重なる。

（あの少年が、焔……？　ずっと……探していたのか……？）

――どんな気持ちで探していたのか。そしていま、どんな気持ちで見つめているのか。

「…………」

鈴花は提油灯を床に置いた。

腰に巻いている鈴を外し、手に取った。

瞼を下ろし――鈴を鳴らす。

死者を慰める神の鈴を。

清廉な鈴の音は、重く淀んでいた空気をわずかに軽くする。

忘れ去られた地下で、積もり積もった無念たちが、ほんの少しだけ清らかになる。

ほんの、少しだけ。

――閉ざされた鈴花の目に、あの幽霊の姿が映る。

美しい衣を着た彼女は、穏やかな顔で、そっと鈴花と焔に頭を下げた。

そして、そのまま、消えていった。

鈴花は瞼を上げ、焔の様子をちらりと見る。幽霊に反応している様子はない。彼には、幽霊が見えないのだろう。ただ、鈴花だけを見ている。

「――焔、彼女がお前に礼を言っていたぞ」

鈴花が見たものを伝えると、焔は無言のまま拳《こぶし》を強く握りしめた。

「きっともう、幽霊騒動は起こらない」

「そうか……」

詰まっていた息が、強張りながらも吐き出される。

「……白妃は、この場所をどうするべきだと思う」

「そうだな……私なら、地上で弔《とむら》われたいかな。肉体は土に還《かえ》るものだが……魂は自由でありたい」

焔はそれを聞いてゆっくりと頷き、提油灯を拾い、掲げた。

暗闇の中の人々に向けて。

「ああ。俺も、そう弔いたいと思う」

◆◆◆

「天寧宮の地下で、たくさんの人骨が見つかったらしいですわね」

最早習慣となりつつある東宮での茶会で、緑色の茶を淹れながら蒼月瑛が言う。

──あの地下室を見つけて以来、幽霊騒動は収束した。

「大昔の霊廟だったようですわね。その中には、道ならぬ恋人たちのものもあったとか……」

蒼月瑛は憂いを帯びた顔で、そっと息をつく。

──いつもより、顔色が悪い。完璧な化粧で隠しているが、疲れが滲み出ていた。あまり眠れていないのかもしれない。

(そういうことになっているのか……まあ、真実は誰にもわからないからな)

鈴花が焰に語ったのも単なる仮説だ。

後世の歴史家たちは、ありのままに記載された事実や資料を突き合わせて、一つの真実を見出すかもしれない。

だがそれでも、本当のことは誰にもわからない。残るのは、どんな場所だったかとか、死体の数とかの、客観的な事実だけだ。そこからどんな物語を読むかは、その歴史家次第だ。

「そのままにしておくか、外で弔うことにするかで、かなり揉めたらしいですが……皇帝が、地上で弔うことにされたのですって」

「……良いのではないですか？　誰にも知られぬまま封じられるより、ちゃんと弔われた方がいいでしょう」

「だとしても、普通はそのまま地下で弔うものですわ……ああ、いけませんね。皇帝陛下のされることには間違いありません。それが最良と判断されたのでしょう」

鈴花は茶碗を手に取り、深く息をする。

豊潤な香りが鼻腔《びこう》に広がり、心地よい温かさが身体を包む。

卓の上には茶菓子たちが並んでいる。小さな金平糖《こんぺいとう》に、小豆《あずき》と果物《くだもの》の寒天寄せ。それらの色と形は美しく、まるで宝石のようだ。

「でも、不思議ですわよね。どうしてそんな霊廟の上に後宮が建てられたのか」

やや非難めいた口調で蒼月瑛は言う。

「他に土地がなかったのではないですか」

「まあ……うふふっ、白妃様は何も気になさらないのですね。素敵ですわ」

蒼月瑛の言葉に、鈴花は微笑む。

「気にならないわけではありませんが、あまり心を乱したくないのです」

蒼月瑛の目が瞬《まばた》き、口元に微笑みを湛える。

「ええ、わたくしたちが心掛けなくてはならないのは、後宮の平和と安寧《あんねい》ですものね。……そういえば、もうすぐ紅家から新しい姫君がやってこられるそうですわよ」

鈴花は目を丸くする。

この閉ざされた後宮で、蒼月瑛はいったいどこからそんな情報を手に入れてくるのか。外との手紙の交換さえままならないというのに。

彼女は交流に長けているとはいえ、ここまでくれば特殊能力だ。

(――それにしても、やはり次の妃も紅家からか……)

紅い髪の残像が、瞼の裏で揺れる。

非業の死を遂げた紅珠蘭《コウシュラン》の次の妃なのだから、紅家からの選定は当然だろう。

――それに、他ならぬ皇太后自身が紅家出身だ。他家に皇帝の外戚の栄誉は渡せないと考えているのかもしれない。

「新しい紅妃は、紅珠蘭様の姪で、十歳の姫君らしいですよ」

蒼月瑛の言葉に、鈴花は心の中で怯《ひる》んだ。

(流石に幼すぎるのでは……)

鈴花が後宮にやってきたのは十三歳の時だ。それよりも幼い。無理がありすぎる。

(他に候補はいなかったのだろうか……)

いたらそちらが選ばれているだろう。

だがあまりにも、おぞましい。

(……しばらくは、蒼妃の好敵手にはならないだろうな)

そしていずれにせよ、鈴花は寵愛争いには関係がない。

鈴花は茶の香りを嗅ぎながら、蒼月瑛を見つめる。

「――その首飾り、とても素敵ですね」

水晶の玉が連なった首飾りは、わずかな光でもきらきらと輝いて、眩しいほどだった。

蒼月瑛は嬉しそうに微笑んだ。

「水晶には、破魔の力があるそうですので……わたくし、実は、昔から幽霊が怖くて……こういうものを、ついつい集めてしまうのです」

少女のように微笑み、そして少し悲しげな表情になる。

「これは、お父様の形見なのです……お父様もこういうものが好きで……ご存命のころは、たくさん集めていましたわ」

「大切にされているのですね。思いが込められているのがよくわかります。とてもお似合いです」

鈴花は心からの言葉を口にする。

「蒼妃からいただいた水晶の小鳥も、とても可愛らしくて、私のお気に入りなんですよ」

「まあ、それはよかったですわ。純粋で汚れなく愛らしいところが、白妃様にそっくりですわよね」

鈴花は曖昧な苦笑を浮かべるしかできない。

――無邪気に笑う蒼月瑛の後ろで、鮮やかな紅葉が舞い落ちていく。

（……蒼妃が、いずれ皇妃になるのだろうか）

その時自分はどうなっているだろうと思いながら、ぬるめの茶を喉に通した。

■第参章　穏やかな日々

部屋の鏡台の前で、鈴花《リンファ》の白い髪が、琳琳《リンリン》の手によって色粉で茶色く染められていく。

「こんな綺麗な髪を染めてしまうなんて、もったいないです」

「仕方ない。私の髪は目立つから。それに、今日一日だけのことだ」

浮かれた自分の顔が鏡に映り、鈴花は笑みを深めた。

――今日、鈴花は、都を散策する。

幽霊騒動の解決の褒美として、皇帝に何が欲しいか訊かれ、鈴花は外出許可を求めてみた。市街を散策してみたいと申し出てみたのだ。

一考もされずに却下されるかと思ったが、驚くことに許可が出た。護衛と案内役付きだが、街歩きができることには違いない。

そうとなれば浮かれないはずがない。

鈴花はいままで一度も市街を歩いた経験がない。

市街と民衆の姿を見たのは、すべて馬車の中からだった。

だが今日は違う。人々に交ざって、街を楽しむことができる。

（これが、お忍びというものか……）

初めての経験に心が躍り、頬が赤らむ。

用意されたのは普段着ているものよりも地味な衣だった。刺繍もなく、女官たちの服に似ている。

それらを身に着けていき、防寒具もしっかりと着せられる。

すべての準備が整って、外に出る。

後宮と外を繋ぐ門に行くと、黒塗りの馬車と護衛たちが待っていた。

馬車に乗り込むと、中でも見知った護衛が待っていた。

「――お前も、つくづくご苦労なことだな」

黒い武官服を着た焔《エン》の助けを借り、鈴花は馬車の椅子《いす》に座った。


後宮の門を出て、宮廷の敷地を抜け、馬車は都の石畳の道を進む。

馬車の窓から見える景色がどんどん変わっていく。

鈴花は心躍らせながら、同時に少し不安になってくる。

「こんなに護衛が多いと、お忍びと気づかれるのではないか？」

馬車の周囲には護衛が多くいる。

焔は笑いながら答えた。

「それはそうだが、皇帝の命令だ。安心していい。どこかの貴族のお嬢様としか思われない」

鈴花は少しだけ不満だったが、外に出られるなら文句は言わない。

それだけ、外の世界は鈴花にとって魅力的なものだった。

馬車が市街に到着すると、賑やかな景色が目に映る。

多くの人々が買い物をしている市場に、子供たちが楽しそうに走り回る姿。香ばしい匂いが漂う屋台や、行列のある料理店。年の瀬が近いせいか、それともこれが普通なのか、市場や路地は寒風も吹き飛ばす熱気で賑わっていた。

「……──ところで、白妃《ハク》」

「外でそんな呼び方をするな。変装した意味がない。鈴花と呼べ」

「……鈴花……いや、お嬢様」

──お嬢様。新鮮な呼ばれ方だった。それなら焔は従者のつもりだろうか。

「まあいいか。なんだ」

「貨幣というものを知っているか？」

「馬鹿にするな。それぐらい知っている」

焔は無言で、小さな袋から銀色の粒をいくつも取り出す。

「なんだ、この金属の粒は」

「それが貨幣だ」

「ほう、これが……」

鈴花は、興味津々でそれを見つめる。

まさか、貨幣が実際の形を持つものだとは思わなかった。

「外で物を買うときは、代価としてそれを渡すことになっている」

「ふむ。面白い仕組みだな。これがあれば、何でも手に入るのか……すごいな」

「さて、どこへ行きますか、お嬢様？」

「甘いものが食べたい。あの汁粉や、焼き立ての団子《だんご》が気になる。土産《みやげ》ものも欲しい」

「仰せのままに」

馬車の車輪が石畳を踏みしめて止まる。鈴花は焔の手を借り、車箱の扉から下りた。

目の前には繁華街が広がっていて、両脇には様々な店が並んでいる。

わくわくしながら歩く鈴花の隣で、焔が警戒を怠らないように歩いている。

彼の立ち居振る舞いは堂々としたもので、背後や周囲には数名の護衛の男女が従っている。複数人で巧妙に周囲を封鎖し、見えない壁を形作って鈴花を守っていた。

（大げさな……だが、これが彼らの仕事か。正直、目立ちたくないのだが）

鈴花の危惧《きぐ》に反して、繁華街の人々は鈴花たちを気にもしていなかった。このような大袈裟《おおげさ》な警備にも慣れているのだろう。これなら遠慮する必要はなさそうだ。

「あの店がいい」

汁粉と書かれた暖簾《のれん》が垂れた店を指差す。炉端で焼かれる団子の匂いと、何とも言えない甘い香りが鼻をくすぐる。それだけで腹が温まるような気がした。

店内に入ると、朱布が敷かれた長椅子が並んでいた。客がたくさんいたが、店の角の席が空いていて通される。

席の奥に座ると、隣に焔が座る。

ほどなく朱塗りの椀《わん》に入った小豆の汁粉と、炭火で焼かれた団子が運ばれてきた。その匂いは甘く、ほんのりと香ばしさも感じられた。

黒衣に身を包んだ毒見役の女性が、ひっそりと姿を現し、まずは汁粉を口にした。その後、彼女は団子も一つ食べ、何も問題がないことを確認して引っ込んでいった。

――どうせなら一緒に食べればいいのにと思うが、あれが彼女の仕事なのだろう。

人々の仕事の邪魔をするつもりはない。だが。

「毒見なんて、念を入れすぎではないか？」

「お嬢様をお守りするのには当然のことです」

焔が澄ました表情で言う。

鈴花はわずかに頬を膨らませ、声を潜めて焔の耳元に口を寄せ。

「――やっぱり、お嬢様と呼ぶのはおかしくないか？　お嬢様でも身分を隠してお忍びで遊んだりするはずだ」

「いまさら我儘言わないでください。そんなことより――どうぞ、お嬢様」

毒見済みの汁粉を差し出された鈴花は、改めてその香りを楽しんだ。

甘い小豆の香りが鼻をくすぐる。ほのかに黒蜜の甘さも感じられた。

汁粉を口に運ぶ。まず口の中に広がったのは、小豆と砂糖と黒蜜のまろやかな甘さ。

甘すぎず、かといって薄すぎることもない。そして小豆の柔らかさと、その中に隠れるほんのりとした塩味が、甘さを引き立てていた。

「美味しい……」

そして、餅。これがまた絶品だった。もちもちとした食感が心地いい。餅が口の中で溶けると、小豆の甘さと一緒になって、完璧に調和していく。

後宮生活ですっかり猫舌になった鈴花は、一生懸命冷ましながら汁粉を食べる。

「これは、一種の芸術だ……お前は食べないのか？　皆は？」

「護衛は仕事中食事をしません」

焔は澄ました顔で断ってきた。そして少し笑いながら。

「それにもう、お腹いっぱいです」


心も身体も満たされて汁粉屋を出る。

「――次はあの店に行ってみましょうか」

焔が提案した先には、錦華院《きんかいん》と看板が掲げられた大きな店があった。

ずっしりとした店構えと、店を飾る細部の彫刻や細工が、歴史と高級感を感じさせる。

扉が開いた瞬間、高貴な雰囲気が鈴花を包み込んだ。店内に並ぶのは、美しく鮮やかな絹織物、細やかなつくりの陶器たち、そして深く輝く宝石。それぞれ一流の仕事と感じさせるものばかりで、まるで宝物庫だ。

（こ……これが帝都というものか）

豪華な絨毯に足を沈め、店内を進む。絢爛な商品が作り出す幻想的な光景に吸い込まれてしまいそうになりながら。

不思議なことに、店内には店員らしき人間のほかに客はいなかった。

――鈴花は知らないことだが、今日この店は貸し切り状態となっている。静寂が、店内を厳かな雰囲気にしていた。

特に目を引いたのは、棚に鎮座する陶磁器たちだ。

その中の一つに、鈴花は目を奪われた。

「お目が高い。その香炉は亡き名工の手による逸品です。どうぞ、お手に取ってご覧ください」

奥から出てきた店主らしき中年の男が勧めてくる。

焔が棚からそれを取って、丁寧に鈴花に渡す。

「気をつけてください」

受け取ると、ずしりと重い。落とさないように気をつけながら近くで眺める。深緑の陶器は、表面に艶やかな光沢が浮かんでいて、指先で触れるととても滑らかだった。

重厚ながらも精緻《せいち》な造形。金色の細工が見事だった。龍や鳳凰《ほうおう》が空を飛ぶ姿や、花々や葉が風に舞う様子が、流れるような筆使いで描かれている。

香炉の内側を覗き込むと、淡い金色の釉薬《ゆうやく》が施されている。その光沢が照明の下で反射し、夢のような美しさだった。

「買って帰りますか？」

訊いてくる焔に、鈴花はそっと耳打ちをした。

「……これは、本物じゃないかもしれない」

香炉を焔に返すと、焔の瞳が香炉を細かく観察していく。

そして、店主を見る。

「――店主。この店は、偽物を販売する場所なのか？」

焔が店主に向かって放った言葉に、鈴花も驚いた。まさか直接言ってしまうなんて。

「い、いやいやいや、まさか」

店主が大慌てで香炉を手に取り、食い入るように見ていく。細部までしっかり確認していく顔が、赤くなり、一瞬震えて青くなり、今度は白く変わっていく。

「……偽物でした」

がっくりと肩を落とし、唇《くちびる》を噛み締める。騙された悔しさと怒りと恥ずかしさでか、わなわなと震えていた。

「決め手は底の刻印です。微妙に傷が入っている。この時期の本物ではありえません……偽物を店頭に並べたとなると、店の評判に関わります。この店のものをなんでも差し上げますので、どうか黙っていていただけませんでしょうか」

「では、これが欲しい」

鈴花は偽物の香炉を指差す。店主はぽかんとした顔をした。

「これは、素晴らしい出来だ。職人の執念も感じる。俺の魂を見てみろ、と声が聞こえるようだ。これだけの腕ならもっと完璧なものを作れただろうに、それをしなかった。なかなかない代物だ」

「申し訳ございませんが、偽物をお譲りするわけにはまいりません」

店主の言うことは商売人として至極もっともだ。

「では、これを作った職人がもし見つかったら伝えてくれ。次は自分の名前で売ってみろ、と」

呆気に取られている店主に背を向け、店内に並ぶ品々を見つめる。

「ふふっ、楽しみができた。きっとこの先、素晴らしい逸品を生み出してくれるだろう」

それはいつかきっとこの店にも並ぶだろう。

「――ああ、この櫛もいいな」

鈴花は、紫檀《したん》で作られた櫛を指差す。深紫の木目に刻まれた模様は、光の角度によって表情を変える。艶やかな紫檀の木は、使うたびに少しずつ変わる風合いを楽しませてくれるだろう。

「これをいただこう。お代はちゃんと払うよ。こちらの者がな」

背後にいる焔を見上げ、微笑んだ。

買い物を済ませて、馬車に戻る。席に座って落ち着くと、車輪が軋《きし》む音が響いた。馬車は静かに動き出す。

「よく贋作《がんさく》とわかったな。知っている職人だったのか？」

焔に問われ、鈴花は首を横に振る。

「いや。知らないし、芸術には詳しくない。だが、なんとなく」

鈴花は骨董《こっとう》に詳しいわけでも、鑑定眼があるわけでもない。

「だからこっそり伝えたのに、店主に直接確認するからびっくりした」

「俺もなんとなく違和感を覚えたからな。それに、あなたの勘は信頼できる」

「外れていたら大事になっていたぞ……」

「だが、確信があったのだろう？」

「……うん」

でなければ、焔にも伝えていなかった。

「――名工の品には、魂が籠《こ》もっているものだ。自信だったり、怒りだったり、愛情だったり。でもあれには、何というのか……空虚さがあった。それはそれで面白いから欲しかったのだが」

「…………」

焔は何も言わずに鈴花を見つめる。

鈴花は香炉を思い返しながら続けた。

「込められていた空虚と情念は、ある意味、本物以上に本物だったかもしれないな。そこに魅せられたのかもしれない」

「……偽物か、本物か、か」

焔は小さく呟き、鈴花を見た。

「……あなたには、俺はどう見える？」

「いきなりなんだ」

鈴花は焔の眼差しに戸惑いつつも、その真剣さに影響されて、真面目に考えた。

（……どう、と言われても）

——偽物か、本物かの話だろうか。

だとすれば。

「焔は焔だろう。私にとっては、それ以外の何者でもない」

これ以外の答えはない。

そもそも本人からして謎ばかりで、自分のことをまったく話さない。それでも、何度も行動を共にしてきた。言葉を交わしてきた。そしていつしか、鈴花にとって焔は他の誰とも違う特別な存在になっていた。

——だが、この、あたたかくて、安心できて、時々腹立たしくて、時折切なくなる、この気持ちを何と呼べばいいのか、わからない。

鈴花はこの感情の名前を知らない。

「……正直、お前のことはまだよくわからない。知れば知るほどわからなくなる。だが、嫌いではないよ。お前がいてくれてよかったと思う」

その言葉に、焔の目が一瞬だけ柔らかくなる。

「そうか……」

「そうだ」

鈴花は力強く頷いた。

「ところで焔。この櫛、とてもいいものだと思わないか？」

購入した櫛を取り出して見せる。

「とてもよくお似合いです」

「いきなり従者の態度に戻るな。あと、これは私が使うのではない。私の可愛い女官への土産だ」

いままで主人らしいことができていないので、ぜひ何か土産を持って帰りたかった。

普通、主人は自分の使っている小物を侍女や女官に与えるらしいが、鈴花は与えられるほど持っていない。買ったのは自分の金ではないが、自分の外出のために用意された軍資金から出されたのだから、自分の金と言ってもいいだろう。

琳琳は喜んでくれるだろうか。趣味に合わないかもしれない。少し不安だが、鈴花は琳琳にこれが似合うと思った。

「きっと喜ぶ」

「だといいな。焔がそう言ってくれるなら、間違いないな」

安心して櫛を包みに戻し、背もたれに体重を預ける。

馬車は城に向かっている。短くも充実した外出時間は、これで終わりだ。

最初で最後になるであろう市街散策は、楽しいことばかりだった。きっと、一生忘れない。

「――では、これは俺からあなたへ」

「ん?」

焔は何かを包んだ布を取り出し、そっと鈴花の両手の上に置く。

柔らかく、指に吸い付くような質感の薄紅色の布。

布越しに、しっかりした感触が伝わってくる。

ゆっくりと開けて中を見ると、銀細工の髪飾りがあった。赤と透明の石が銀細工で結びつけられた、美しい髪飾りが。

赤は鈴花の瞳の色だ。鈴花本来の白い髪に飾れば、透明な石や銀細工と相まって、よく似合うだろう。まるで誂《あつら》えたかのように。

「あの店で前もって誂えて、今日引き取ってきた。仕上がりが間に合ってよかった」

焔の言葉に、大きく胸が高鳴る。心の中で「嬉しい」と声が響く。湧き上がるあたたかい感情が、全身を満たしていく。

――だが。

「……貰う理由がない」

こんな高価そうなものを焔から貰う理由がない。

「今日の土産にしてほしい。受け取ってもらえないと、こいつも行き場がない」

焔は少し困ったような顔をする。

その表情が、鈴花の心をまた揺らす。素直に礼を言いたいのに、喜びを伝えたいのに、立場がそれを許さない。

焦げ付きそうなほどに熱い胸と、頭の中の冷静な部分がせめぎ合っている。

断るべきだ。受け取れないと言わなければ。

——なのに。

手放したくないと思ってしまった。

鈴花は震える手で、髪飾りを握りしめた。

「……ありがとう。大切にする」

焔に感謝の笑顔を向ける。それが精いっぱいだった。

この髪飾りを見るたびに、今日のことを思い出すだろう。喜びも、迷いも、切なさも。


馬車の速度が少しずつ遅くなり、やがて完全に動きが止まる。どうやら道が混んでしまって、危なくて動けないようだ。少し時間がかかる旨が外から伝えられる。

外の護衛が、焔に何かを耳打ちで伝達する。その瞬間、焔の表情が少し険しいものになった。

焔の警戒心が鈴花にも伝わってくる。馬車の中の空気が、突然冷たくなったかのようだった。

(何かあった?)

覗き窓から外を見てみた鈴花は、群衆が何かに引き寄せられていく光景に目を奪われた。

「焔、あれは何だ?」

広場で人だかりができている。

その中心には急造の立ち台があった。

「――無色教《むしききょう》。最近勢いがある宗教団体だ。壇上にいるのは……房主だな」

わずかな逡巡《しゅんじゅん》の後、低く声が絞り出される。

壇上には三十歳くらいの男が立っていた。陽光に照らされて真っ白な僧服が輝き、その姿が一際目立つ。

（無色教……）

聞いたことのない教えだ。

房主――僧房の主は、広場に集まった群衆に声を向ける。

「我々の足下には果てのない大地が、頭上には無限の天が広がっています。しかし何故、人と人との間には障壁があるのでしょうか？　貴族も農民も、皇帝も物乞いも、同じ天の下で生きているというのに」

房主の声は、馬車の厚い壁を突き破って鈴花の耳に届く。

使命感を帯びた声と姿には、不思議なほどの存在感と説得力があった。

群衆たちは、期待や疑問、楽観や恐れが交錯しながらも、確かに彼に引き付けられていた。

（……こんな布教を帝都でするのか）

皇帝の住む帝都で。

――一瞬だけ、房主が鋭い眼差しで鈴花を見た気がした。

どきりとしながらも、まさかそんなことはないだろうと思う。貴族が乗っていそうな馬車を一瞥《いちべつ》しただけだろう。

房主は何事もなかったように広場を見渡し、手を広げて話を続ける。

「朱門酒肉臭、路有凍死骨——金持ちの豪邸には酒肉が腐るほどあるのに、路上では凍死した人が倒れている。これ以上この矛盾に身を任せていていいのでしょうか？」

問いかけに、水を打ったような沈黙が広がる。

誰もが息を詰める中、房主が再び口を開く。

「色即是空、空即是色。私たちは色に囚われてはなりません。無色教では、皆様と共に身分の障壁を越え、真の平等の世界を作ることを誓います」

貴族は色の名の姓を持つ。

だからこそ、無色を教えの名にしたのだろうか。色にも人にも貴賤なし、と。

「貴族も平民も等しき者。皆で新たな時代を築きましょう！」

群衆から賛同の声が湧き上がる。希望に満ちた歓声と共に、広場の端で売られている無色の蓮の御《お》守《まも》りが、次々と人手に渡り始める。

透明で美しい蓮は、人々の手の中で、新たな希望に導いていってくれるように見える。

——少なくとも、いまこの瞬間は。

説法が終わったことで人の流れが再開し、馬車も動き出す。

「——あなたは、どう思う？」

馬車の中に焔の静かな声が響く。

鈴花はしばし考え、慎重に言葉を紡いだ。

「若者には受けがいいだろうが……浸透はしないだろうな」

多くの人は、大いなる存在に守られていたいと思うものだ。だからこそ皇帝は国の中心に存在し、その下に民が集う。その構造を無色教が変えられるかは未知数だ。

焔はしばらくの沈黙の後、口を開く。

「理念は美しいが、実現するには多くの障壁があるだろう」

「――焔、私たちがこんな話をするのはいけないと思う」

自分たちは皇帝の臣下だ。

「様々な考えに触れるのは大切なことだと、俺は思う」

「それはそうだが……」

焔は皇帝の腹心でありながら、柔軟な考え方も持っているらしい。

柔軟すぎて、少し心配になるほどだった。

「あまり大っぴらに変なことを言うなよ」

忠告すると、焔は困ったように苦笑した。

鈴花はため息をつき、窓から外を眺める。いつの間にこんなに時間が経っていたのだろうか。暮れゆく空が紫に染まり始め、広場の石畳も同じく紫色に浮かび上がっていた。

広場の一角で販売されていた無色の蓮の御守りは、既に多くの人々の手に渡り、その首にぶら下がっている。その透明な蓮の花は、空の色と共にゆっくりと変わっていくように見える。

その光景は、新しい時代の到来を予感させつつも、どこか不穏なものを感じさせた。

夕暮れの中、馬車は無事後宮に到着し、鈴花は自分の住む西宮に戻る。

外出の時間はこれで終わりだ。

「おかえりなさいませ、白妃様」

「ただいま、琳琳」

出迎えてくれた琳琳の瞳は、喜びで輝いている。

鈴花は少しだけ周囲を見回す。宮は一段と綺麗に掃除されていた。不在の間に心を込めて隅々まで磨いてくれたのだろう。琳琳の気配りを感じ、鈴花はあたたかい気持ちになった。

「これは土産だ。いつもありがとう。琳琳に似合いそうなのを選んでみた」

紫檀の櫛を手渡すと、琳琳は目を瞬かせる。

「ふわっ？　あ、ありがとうございます……一生大切にしますぅ……！」

櫛をぎゅっと握りしめる。瞳には微かに涙が浮かんでいた。

気に入ってもらえたようで、鈴花はほっと胸を撫でおろす。

——実は、帰ったら琳琳に無色教のことを尋ねようかと思っていたのだが、口をつぐんだ。

琳琳も良家の出身のはずだ。でなければ名家の女官にはなれない。

貴族にとって無色教の教義は、あまり楽しい話ではない。

いまは彼女の無垢《むく》な笑顔を充分に楽しむことにした。


夜が降り、後宮のいたるところに明かりが灯っていく。

鈴花はそれを自室の窓から見つめた。

外は静かで空気が冷たい。空には明るく輝く月と星があり、その下で皇帝の休む天寧宮が静謐《せいひつ》に佇《たたず》んでいる。

鈴花は今日見た光景の数々を思い出していた。

多くの人々が、龍に守られて過ごしている。

黄金の輝きに守られていたいと願っている。

そんな中で、何色にも染まらない信仰も広がりつつある。

龍が君臨する世界に、その信仰が広がる可能性はあるのだろうか。

(考えてわかるものでもないな。すべては流れるままだ)

大きな流れは、時代のうねりは、誰にも止められない。

(私たちの神も、天龍に座を譲った。すべては、より強い力によって変わりゆく)

古き神の末裔である鈴花には、それがよくわかっている。

窓から離れ、装飾品を収めている箱の蓋を外し、そこに入った髪飾りを見つめる。焰から貰ったものだ。

その隣には、皇帝から賜った二本の簪が置かれている。

どちらも白銀を基調にしていて、併せて使えそうだからまた悩ましい。

(いつ、身につけろと……)

他の男から貰ったものを、後宮内で身につけられるわけがない。それくらいは弁《わきま》えている。

焰もそんなことわかっているだろうに。

鈴花はしばしの間、複雑な思いを抱きながらも見入った。髪飾りも、簪も、素直に美しい。主の胸中など関係なく、静かに輝いている。

瞼を閉じ、深く息をつく。

そして、そっと蓋を閉じる。その輝きを、美しさを、自分の揺らぎそうな心ごと閉じ込めた。

◆◆◆

冬の厳しい寒さを感じる日、後宮の雄大な扉が、特別な訪問者のために開かれる。

鈴花は儀礼用の白い衣を、蒼月瑛《ソウゲツエイ》は青い衣を着て、新たな妃を迎える正面の位置に立っていた。

皇帝や宦官たちはこの場にはいない。この場にいるのは女だけだ。

後宮中の女たちに見守られながら、扉が厳かに開いていく。差し込んでくる澄んだ光の中で、幼い少女が凛と顔を上げて立っていた。

——紅明璃《コウメイリ》——非業の死を遂げた、紅珠蘭《シュラン》の姪。

金糸で花の刺繍が施された紅衣を着た彼女は、十歳とは思えない成熟した表情で立っていた。

(紅妃に似ている……)

幼い顔立ちは、紅珠蘭の面影を残していた。

だが、まだまだ幼い。幼いながらも、精いっぱいに大人ぶっている。

小さな足が軽やかに進み出る。後ろに侍女たち、その更に後ろに女官たちを引きつれて。

付き従う従者たちからは、緊迫した雰囲気が漂っている。彼女たちは紅明璃のために新たに選ばれた者たちだ。誇りと警戒心――そして、主を守るという気概が感じられる。

いまこの瞬間、後宮の中の誰もが思い出していた――後宮での過去の事件、紅珠蘭の死を。

だが、周囲の人々の緊迫感は、新たな妃には関係ないようだった。

紅明璃は軽やかに微笑みながら、白鈴花と蒼月瑛に近づいてくる。

一歩、また一歩と。小さな足で、後宮の石畳を踏んで。

鈴花たちの前で一度足を止め、優雅に頭を下げる。

後宮の空気がしんと静まる。

顔を上げた彼女の瞳は、強く輝いていた。

「白妃さま、蒼妃さま、わたしは紅家の明璃と申します。若輩者ですが、よろしくお願いします」

ややたどたどしいながらも、明るい声での落ち着いた挨拶。

鈴花は笑みを零し、小さな紅妃を見つめた。

「紅明璃様、後宮へようこそ。歓迎します」

「お互いに支え合い、共に時代を築いていきましょうね」

蒼月瑛も続けて微笑む。

「ありがとうございます」

紅明璃が再び頭を下げた。動作の一つ一つが、練習を積み重ねた舞のように美しかった。

そして――後宮の扉が、固く閉ざされた。

◆◆◆

「小紅妃様は、まだまだ後宮に不慣れなようですわね」

東宮の主――蒼月瑛は、部屋で青白い磁器に入った茶を眺めながら、やや怒ったように言う。

――小紅妃。紅明璃の四妃の一人としての呼び方だ。

正式には紅妃なのだが、その呼び方は紅珠蘭の印象がまだ深い。だから小さな紅妃ということで、その呼び名がすっかり定着している。

(何を怒っているのだろう)

鈴花は淹れてもらった茶を飲みながら、ぼんやりと蒼月瑛を眺める。

茶は渋みの中に甘みも感じられる味わいで、少しぬるめの温度が心地よい。茶の香りと味がよく引き出されていた。

「それとも、白妃様のところへは小紅妃様は挨拶に来られました?」

「いいえ」

そのような事実はない。挨拶を交わしたのは最初のあの時だけだ。

訪問されたことはなく、訪問していいかの手紙も、女官たちからの打診もない。

「わたくしだけではなく、白妃様にまで……なんて失礼な」

どうやら蒼月瑛は紅明璃がすぐにでも宮に挨拶に来るものだと思っていたようだ。そして、それがないことに憤慨しているようだった。

(十歳の子に、礼儀云々《うんぬん》は酷では……)

礼儀礼節よりも遊びが楽しい年頃だし、何より後宮に来たばかり。不慣れなこと続きで、他の妃たちへの挨拶にまで気が回っていないだけかもしれない。

そもそも、鈴花もそんな慣習があるなんて知らなかった。現皇帝のための後宮では最古参とはいえ、気にしたこともなかった。それとも、もしかすると一般常識なのだろうか。

——確かに、昔、他の妃たちが宮に来て、挨拶をされた覚えはあるが。

もしも鈴花が新参者の立場だったら、こうして他の妃たちに陰で言われていたのだろうか。

(ううむ、礼儀というのは難しいな……)

作法は教え込ませられるが、暗黙の了解を知るのは難しい。それとも、他の妃たちには指導役がいたのだろうか。

(こういう、不文律の決まり事は難しい。いっそ指南書に纏《まと》めておいてほしいものだ)

しみじみと思う。

(……それにしても、引きこもっているとしたら少し心配だな。一度、こちらから出向いてみよう)

茶を飲みながら考えていると、蒼月瑛が小さく身を乗り出してくる。

首元の水晶の首飾りが、光を受けてきらりと輝く。

「白妃様、よろしいですか？　決して、白妃様の方から小紅妃様のところへ訪問してはなりませんわよ。こういうのは最初が肝心なのです」

「は、はい……」

しっかりと釘を刺されてしまい、鈴花は頷く。

(そうか。こちらから行ってはいけないものなのか)

——本当に、難しいことばかりだ。

不文律の決まり事も、妃たちの微妙な力関係も、交流も。

西宮に戻った鈴花は、琳琳が仕事で外出しているのを確認してから、後宮女官の姿に扮《ふん》した。特徴的な白い髪も、赤い瞳も、術で黒く染める。

（久しぶりだな、この格好）

くるりと裾を翻す。服が軽いと、身体も心も軽くなる。

外に出て回廊を歩くと、乾いた冷たい風が顔に触れる。掃除しても掃除しても積もる枯れ葉が、乾いた音を立てて舞い散っている。

（今年は風邪《かぜ》が流行《はや》らないといいのだが）

そんなことを思いながら、南宮へ向かう。

西宮から南宮まではまっすぐな回廊一本で行くことができる。目的はもちろん、紅明璃の様子見に行くことだ。外から宮の様子を見るだけでも雰囲気はわかる。

南宮の庭が見えるところまで到達すると、視界に紅明璃の姿が飛び込んできた。

鈴花は驚く。まさか、こんな寒い中、外で遊んでいるなんて。

（心配することはなかったか）

紅明璃は豪華な緋色の衣装に身を包んで、あちこち動き回っている。金色の光が、彼女の髪と衣装を更に鮮やかに輝かせた。

小さな手には朱色の紐を持っていて、地面や木の間をせっせと動き回っていた。

（一人で何をしているのだろう？　何かを探しているようだが……）

気になるが、後宮女官姿で妃に直接話しかけるわけにはいかない。

その瞬間、目が合った。

しかし、女官姿の鈴花はそのまま無視され、紅明璃は再び探し物に戻る。

(——ひとまず、元気そうでよかった)

安心し、その後は後宮内をぐるりと歩いて西宮に戻って着替える。

夕暮れが近づき、淡い紫色と眩《まばゆ》い金色が空に広がり始めていた。


夜になると更に気温が下がり、息をするたびに身体の中まで冷えが染み込んでいく。

鈴花は自室の火鉢の前に座り、暖かさに心を和ませながら、、黒い炭が橙《だいだい》色の炎に包まれて白い灰に変わる様子をじっと見つめていた。

——そして、火鉢の熱で月餅を焼く。

砂糖と小麦の皮と火の香りが部屋に広がっていく。

(……よし)

少し焼き色をつけた月餅を、箸《はし》で火から下ろして二つに割る。ふんわりと白い湯気が出て、鈴花は頬を緩ませた。

四分の一の大きさにしたものを手に取り、口に入れる。

外はさっくりとしていて中はふわふわ。胡桃《くるみ》と小豆の餡《あん》が口の中でとろける。至福の瞬間だ。

「これは、この世で一番の贅沢……あつっ」

そうして平穏で贅沢な夜を過ごしていた時、西宮に誰かが訪れたようで、琳琳が応対しに行った。

訪問者は琳琳と話した後、またすぐに宮を出ていった。随分と慌ただしい。

気になった鈴花は部屋から出て、入口の方へ向かう。

そこでは、おろおろとしている琳琳がいた。顔は青ざめており、目には不安が浮かんでいた。ただごとではなさそうだ。

「何があった？」

「白妃様……その、小紅妃様がいらっしゃらなくなってしまったそうです……」

――その報告は、鈴花にとっても衝撃だった。

「南宮から消えたのか？　どうして？」

「それが、誰もわからないらしいんです。お庭をお散歩していたはずが、いつの間にか姿を消してしまわれたらしくて……それで、こちらに来ていないかと――」

先ほどやってきたのは南宮の女官だったらしい。

一縷の望みを抱いてやってきて、見かけていないと言われて、また捜しに戻っていったのだろう。

「……白妃様もご存じないですよね？」

「ああ……」

南宮の庭で遊んでいた姿を見たきりだ。

琳琳は心配そうに肩を落としている。紅明璃は紅珠蘭の姪だ。紅珠蘭に世話になっていた琳琳にとっては、居ても立ってもいられない状況だろう。

「琳琳、もしよければ捜しにいってやってくれ」

「いいんですか？」

「ああ。人手は多い方がいいだろうから」

「ありがとうございます！」

すぐさま飛び出していこうとする琳琳の前に手をかざして制止する。

そして自分の肩掛けを、琳琳の首に巻く。

「暖かくして行きなさい。辛くなったらすぐに戻ってくるように。身体を冷やしては駄目だ」

「はい！」

勢いよく飛び出していく琳琳を見送る。扉の外から入ってくる空気は一層冷たくなっていた。

暗い空から、ひらひらと白い雪が降り始めていた。

（――急いで見つけないと、まずいな）

一度扉を閉じ、部屋に戻る。

夜が深まるほどに冷え込んでいく。どこかの室内にいればいいが、もし紅明璃が外で迷子になっているとしたら、凍えて死んでしまいかねない。

死なないまでも、凍傷になったり、ひどい風邪を引いてしまったりしたら大変だ。

（まずは、状況の整理からだ）

部屋に戻った鈴花は、火鉢の前で考える。

さすがに後宮からは出ていないだろう。後宮から出られる方法は二つだけ。後宮を囲う二枚の壁を登るか、門から出るか。

（自力で壁を登れるとは思えない）

壁は高い。下に開いていた穴はとっくに修繕されている。紅明璃は身軽そうだったが、そんな手段を使ってまで逃げ出すようには見えなかった。

誰かが壁から連れ出すことも不可能だろう。子供とはいえ人を抱えてあの壁を乗り越えられるとは思えない。犯人が複数人いるなら話は別だが。

連れ去られたとしても、自分の意思でどうにか外に出たとしても、門を使う方がよっぽど確実だ。

(門を使って外に出ているのだとしたら、どうしようもない。外の捜索は、外の者たちに任せよう)

鈴花が考えるべきなのは、まだ後宮内にいる場合のことだ。

(彼女が死んだ気配はない。どこかで疲れて眠っているのか、抜け出せない場所に嵌《は》まってしまっているのか)

単なる事故か、本人や周囲の不注意か、それとも悪意ある者が閉じ込めているのか。

(そもそも小紅妃は、庭で何をしていたんだ？　季節的に蛙《かえる》や飛蝗《ばった》を探していたとも思えないし)

そこまで考えたところで、鈴花は動きやすい服装に着替える。

しっかりと防寒もして、念のために帯紐も多めの本数を巻く。最後に熱い月餅を懐紙に包んで懐に入れて、一人外に出た。


雪の降る夜の中、後宮はざわめいていた。

篝火《かがりび》があちこちで煌めき、後宮の人々が紅明璃を捜し回っている姿が確認できる。

名を呼ぶ声がいくつも響いている。だが鈴花がやってきた南宮には、人の気配がほとんどなかった。

南宮の人々はこの場所を捜しつくしたと思い、別の場所へ移ったようだ。

鈴花は無人の庭を見つめる。

以前の南宮の主である紅珠蘭は、花が好きだった。

ここにも多くの花や木が植えられている。冬の寒さでほとんどが葉を落としているが、その中でも一年中葉が茂る月桂樹《げっけいじゅ》だけが青々しかった。

鈴花は身を低くして、紅明璃がそうしていたように、月桂樹の植え込みの下を覗いていく。

その体勢で移動していると、地面に這《は》いつくばってようやく通り抜けられそうな隙間を見つけた。

――大人なら、とても通ってみようとは思えない隙間。

そこに、まだ新しい緋色の糸が揺れていた。

(着替えてきてよかった)

鈴花は長い髪を紐でまとめて、その穴をくぐる。

顔に土や葉が当たり、ざわざわと音が立つ。濡れた土の匂いや、枝が皮膚に触れる感触を押しのけて、無理やり向こう側へ通り抜ける。

そこは、枯れ葉が山ほど積もった場所だった。手入れされていない庭の一部だ。

そしてそこに、ごく最近人が通った跡がある。

(……やはり、探し物をしていてどんどん人目に付かないところに行っている可能性が高いな)

鈴花が通り抜けられるなら、紅明璃は余裕だっただろう。

(月餅……潰れていないだろうな)

不安になりつつ懐を押さえる。まだ、ほのかに温かい。完全に潰れてはなさそうだ。ほっとしながらも、地面に積もり始めた雪を見てまた不安になる。

(早く、見つけないと)

——その時、奇妙なものが目に映る。冬の庭には珍しい朱色。雪がかぶり始めたことで逆に目立っているそれを手に取り、拾い上げる。

それは、朱色の短い紐を縒《よ》り合わせたものだった。

見覚えがあった。

——紅明璃が庭を歩き回っていた時に、手にしていたものだ。

(やはり、ここを通ったのか……それにしても、なんだ、この白い毛は)

紐の合間に、白く短い毛が何本も絡まっている。

先端は噛まれているのか、かなり傷んでいるように見えた。

(……動物の毛か……？　何の動物だ？　狸や狐はもう入ってこられないはずだが……)

後宮を囲う壁はすっかり補修されている。

——ならば、獣はどこから入ってきたのか。

そして、どこへ行ったのか。

(……この先には確か、もう使われていない井戸があったような)

鈴花は後宮生活が長いため、後宮の庭園にも少しだけ詳しい。

探検中に、昔の宮——いまは潰されてしまった場所の近くに浅井戸があったことを思い出す。

その時はまだ、こんなに月桂樹が茂っていなかった。

鈴花は再び身を低くして、紅明璃の視線の高さに合わせて、人の通った痕跡を辿っていく。まるで猫のように。

そして、庭の奥から——壁に寄った、月桂樹の影がもっとも濃い場所から、か細い声が聞こえてきた。

子供のような、猫のような、小さくか細い——だが、生きているものの声が。

声の先には石の筒のようなものが、地面から生えていた。

——井戸だ。

もう使われておらず、すっかり忘れ去られてしまっている井戸。

その付近に、人が通った痕跡がある。

鈴花はゆっくりと、井戸の中を覗き込む。

井戸の底——暗がりの中、緑がかった光が二つ、灯っていた。

何かがいる。

「——小紅妃？」

呼ぶと、小さく丸まっていた少女が顔を上げた。

不安そうな顔で、その腕の中に、白い子猫を抱きしめて。光っていたのは子猫の目だ。

「——小紅妃、大丈夫ですか？」

「……白妃さま……」

震える紅明璃の声が下から響いてくる。

泣きそうな声——いや、既に泣いていた。泣き疲れていた。

「怪我はありませんか？　どこか痛いところは？」

返ってくるのはしゃくりあげる泣き声と、子猫の鳴き声ばかりだ。はっきりとした返事はない。

鈴花は考える。綱があったら登れるだろうか。帯をほどいて繋げて長くしたら——いや、おそらく紅明璃一人で登るのは無理だろう。

人を呼んでこようか——そうするのが一番いい。安全に引き上げることが第一だ。

「他の人を呼んできますので、少し待っていてくださ——」

「置いてかないでえぇぇぇ」

張り裂けるような声が、井戸内で反響する。何とも切ない響きに胸が締め付けられる。

しかしその声は井戸の中に吸い込まれて、ほとんど表には出てこない。これでは見つからなかったのも道理だ。どれだけ心細かったことだろう。

「——わかりました」

鈴花は心を決めた。

念のために多めに巻いてきていた帯紐をほどき、端同士を結んで長い一本の紐にする。

片方の端を近くの月桂樹にしっかりと結びつけ、もう片方の端を持ちながら、鈴花自身も慎重に井戸の中に下りていった。

飛び降りることもできたが、紅明璃にぶつかったら大変だ。

湿った土と錆びたような石のにおいが鼻を突く。井戸の石壁が手足の先を刺すように冷やす。焔のように手袋を持ち歩いていれば良かったと、今更思う。

途中で紅明璃の様子を見ると、彼女は座ったまま、驚きに満ちた顔で鈴花を見上げていた。

その瞳は濡れているが、希望の光も灯り始めている。

——井戸の底に、降り立つ。下は幸いにも落ち葉が積もっていたため、濡れていない。

「もう大丈夫だ」

顔を覗き込んで明るく笑いかける。紅明璃の表情がくしゃりと緩んだ。

鈴花は紅明璃の隣に座る。狭い空間だったが、何とか座れた。

「いったい、何があったんだ？」

「……小夏《シャオシャ》が……」

ぎゅっと、腕の中の白い子猫を抱きしめる。

ふわふわの子猫の毛は、あの紐についていたものに間違いなさそうだ。

「小夏がいなくなっちゃって、さがしてたら、落ちてたから、助け、ようとしたら……」

――自分も落ちてしまったらしい。

（なるほど。猫をこっそりと後宮に連れ込んでいたのか）

鈴花が見かけた、庭で動き回っていた姿は、猫を探し回っていた時の姿。そして紐は猫のおもちゃ。

「その子を守ったのか。勇敢だな」

心から褒めると、紅明璃は嬉しそうにはにかんだ。

小夏を抱きしめる腕に力がこもり、小夏が「にゃあ」と鳴く。

「小夏は、おともだちだから……」

「そうか」

「この子だけがついてきてくれたの。本当はこんなところ来たくなかった……」

紅明璃の寂しそうな声に、鈴花は頷く。

「うん。私も、そうだったよ」

「白妃さまも？」

「もちろん」

生まれ育った場所を離れ、まったく違う環境に放り込まれて。

しかも紅明璃はまだ十歳だ。まだまだ親元で甘えていたいだろうに。小さな背中に一族の命運を託されて、ここに来ている。

鈴花は懐からやや潰れた月餅を取り出し、紅明璃に渡した。

表面に花の模様が刻まれたそれは、歪《いびつ》な月のように黄色く輝いていた。

「これを食べなさい。ゆっくりとね」

「月餅だぁ……！」

満月に照らされたかのように、紅明璃の顔が明るくなった。

小さな手で月餅を受け取り、少しずつ食べ進めていく。

「白妃さま、なんだか違うひとみたい」

月餅を食べながら、無邪気な顔で鈴花を見る。

「うん。普段は大人のふりをしているからね」

「ふりなんだ」

「ああ。本当は寒がりで、面倒くさがりのくせに、退屈が嫌いなんだ。ああ、寒い寒い。小紅妃、私を暖めてくれないか」

その言葉に応えるように、紅明璃は鈴花に身を寄せてくれた。

鈴花は小さな身体に優しく腕を回し、ぬくもりを感じ取った。

（本当に、小さいな……）

こんな少女が後宮にいること自体、歪なことだと思う。

せめて、少しでも心安らかに過ごしてくれたらと思う。

「ここの、どんなところが嫌だ？　私は、食事が冷たいものばかりなのが、がっかりだ」

「わたしも。せっかくのごちそうが台無しだよね」

紅明璃はうんうんと頷く。

後宮の料理は豪華だ。品数も味も、盛り付けも色彩も。それなのに冷たさがすべてを台無しにしてしまう。毒見役を何人も通しているから仕方ないのだが。

そして毒見役も、命がけの大変な仕事だ。

多くの人々によって皇帝と後宮の妃たちは守られている。だから文句は言わないが、冷たいものばかり食べるのは少し悲しい。

「それに、ここはいやなひとばかり。みんな、わたしを見ていやそうな顔するもの」

鈴花は、優しく彼女の頭を撫でた。

「それは、小紅妃が嫌いだからじゃない。昔の悲しかったことを思い出して、もう二度とあんなことは起こさせないと、気合いが入っている顔だ。でも、小紅妃に悲しい思いをさせてしまっているなら、皆、修業が足りないな」

小さな頭を何度も撫でる。つやつやの髪が心地よかった。

「皆、きみを歓迎しているよ。もちろん私も。私は実は寂しがりやでもあるんだ。きみが来てくれて、嬉しい」

紅明璃は驚いたように瞬きをする。そして、嬉しさを隠すように唇を尖《とが》らせた。

「仕方ないですねぇ。わたしが白妃さまのお友だちになってあげます」

「それはすごく嬉しいな。では私も、友人のために一つ頑張ってみよう」

鈴花は深呼吸をし、立ち上がる。

「ここを登って、助けを呼んでくる」

「む、むりです……！」

「きみのためなら、無理じゃない」

紅明璃の瞳を覗き込んで言うと、丸い頬がほんのりと赤く染まる。

これなら少しの間、離れても大丈夫そうだ。

鈴花は上からぶら下がる帯紐を手に取り、強度を確認する。

「早く宮に帰って、火鉢で暖まろう」

——帯紐を手に、井戸を登る。

下りてきたときと同様に、足を壁の石にかけながら。

帯紐はわずかにしなって揺れるが、しっかりと支えてくれる。

「すごい……」

下から、紅明璃の驚きの声が響く。

特に問題なくするすると登り切り、井戸の縁に両手をかけて、自分の身体を引き上げる。

助けを呼びに行く前に、もう一度紅明璃に声をかけようと振り返ったところで——鈴花は驚きの光景を見た。

紅明璃が、自力で帯紐を使って登ってきている。

自分の手足で。懐に小夏を入れて。鈴花がしたのと同じように。

鈴花は慌てて井戸の縁にしゃがみ込み、紅明璃に向かって手を伸ばす。

一生懸命伸ばされた紅明璃の小さな手を強く握り、精いっぱいの力をこめて引き上げた。

紅明璃が井戸の外に出てくる。鈴花は地面の上に転がりながら、紅明璃を抱きしめた。

「小紅妃はすごいな！　よく頑張った。偉いぞ！」

「えへへ……っ」

二人が抱き合っている真ん中で、小夏の柔らかな鳴き声が「にゃあ」と響く。

「さあ、帰ろう。皆が待っている。ああ、そうだ――これは、きみの落とし物だろう？」

鈴花は拾ってあった朱色の紐を紅明璃に渡す。

紅明璃はびっくりしたように目を見開き、受け取りながら嬉しそうに笑った。

「ありがとう、白妃さま。これね、小夏のお気に入りなの。小夏、よかったね」

「にゃあー」

「小夏もありがとうって」

「どういたしまして」

鈴花は紅明璃の手をしっかりと握って、雪のうっすら積もる庭を歩き、南宮へ向かった。

ほどなく南宮に到着すると、紅衣の侍女や女官たちが、涙を流しながら紅明璃を出迎えた。

鈴花は安堵の息をつき、そっとその場を離れる。

（やはり小紅妃も皆から愛されているな……よかった）

心から思いながら、空を仰ぐ。

深い夜の中で、白い雪がひらひらと舞い続けている。

（……それにしても、寒いし疲れた……早く着替えて、火鉢で暖まろう）

◆◆◆

――小紅妃の行方不明事件から数日後。

後宮の庭園は薄く雪が積もり、純白の絨毯を敷き詰めたかのようだった。

そんな中、鈴花は西宮で茶会の準備を整えていた。

他の妃を招いての、初めての茶会だ。

（まさか、私がこんなことをするようになるなんてな……）

用意した茶と茶菓子、そして白い磁器の茶碗と茶釜を見つめ、感慨深くなる。

「――白妃様、蒼妃様がいらっしゃいました」

琳琳に告げられて、鈴花はすぐさま立ち上がる。部屋を出る直前に鏡を見て、身なりを最後に確認する。髪の上で、白銀と紅珠の髪飾りと簪が輝いていた。

（――よし）

宮の入口に向かうと、蒼月瑛が侍女を二人引き連れて立っていた。彼女は今日も――いや、今日は特に美しい。細部まで化粧をしていて、新しく見る青い衣も、澄んだ空のように美しい。

「本日はお招きいただきありがとうございます。白妃様――」

一礼し、顔を上げた蒼月瑛の笑顔が――固まる。

視線の先には、鈴花の隣にぴったりと寄り添う紅明璃の姿があった。

「蒼妃、来てくれてありがとうございます」

鈴花が笑顔で蒼月瑛を迎えると、紅明璃もぺこりと頭を下げる。

「こんにちは、蒼妃さま。先日は騒がしくしてしまい、申し訳ございませんでした」

——あれ以来、紅明璃はすっかり鈴花に懐いていた。いまでは頻繁《ひんぱん》に互いの宮を行き来するほどだ。鈴花も南宮で、紅明璃と小夏と遊ぶのが楽しくて仕方なかった。

蒼月瑛は引きつった口元を、そっと袖で隠す。

「小紅妃様もいらっしゃったのですね。先日は大変心配しましたわ。ご無事で本当によかったです」

「ありがとうございます、蒼妃さま」

「それにしても……白妃様と随分仲良くなられたようですわね」

「はい！　わたし、鈴花おねえさまが大好きです！　とっても凛々《りり》しくて、格好よくて、きれいで、やさしくて、格好よくて、すごくすごく、大好きです！」

明るく笑いながら、ぎゅっと鈴花に抱きつく。

「あら、まあ……」

蒼月瑛は、静かに息を吸い、目を細めた。

「とても微笑ましいですこと。ですが、白妃様と過ごした時間はわたくしの方が長いのですよ。それに、小紅妃様はまだ、白妃様の詠まれる詩の美しさや、舞の素晴らしさは、ご存じではないでしょう？」

紅明璃が鈴花の裾をつまんだまま、むっ、と頬を膨らませる。

（二人は何を張り合っているんだ……？）

どうして互いに敵愾心《てきがいしん》を燃やしているのだろう。

「蒼妃さまは鈴花おねえさまと、仲がよろしいのですか？」

「ええ。わたくしの宮で、よく一緒にお茶もしています。二人きりの素晴らしい時間ですわ」

「わたしも、鈴花おねえさまとよくいっしょに遊んでいます」

「まあ、可愛らしいこと……」

和やかな雰囲気に見えて、何故か緊張感が漂っている。

奥に控えている琳琳も、何故か緊迫した表情をしていた。

鈴花が声をかけようとしたその次の瞬間――蒼月瑛が短くくしゃみをする。

「蒼妃、大丈夫ですか？」

「し、失礼しました――くしゅっ、くしゅんっ」

蒼月瑛のくしゃみが止まらない。

ひとしきりくしゃみを繰り返した後、蒼月瑛は口元を袖で隠したまま、弱り切った顔を見せる。

「……申し訳ございません。風邪を引いてしまったのかもしれません……とても残念ですが、ここで失礼させていただきます……お二人に移してしまったら大変ですもの」

「いえ、気にされないで、お大事になさってください」

蒼月瑛はそのまま侍女と共に、回廊を引き返していく。

鈴花は残念に思いながらも、その背中を見送った。

(風邪が悪化しなければいいのだが)

紅明璃も心配そうに蒼月瑛を見送っていた。

「――お茶にしようか、小紅妃」

鈴花は紅明璃の手を握り、部屋に戻る。

月餅を火鉢の上に置いた網に載せ、焼けるまでの間に茶を淹れていく。まずは、少し冷ました湯を使って、飲みやすい温度の茶で冷えた身体を温める。

「どうぞ、小紅妃」

ややぬるめの茶を紅明璃に差し出す。

温度の関係で、やや甘く感じるはずだ。茶を飲んだ紅明璃の顔がぱあっと輝いた。

「……おいしいです！」

「それはよかった」

「――そうだ！　昨日皇帝陛下とお話ししたんです。陛下も、鈴花おねえさまはすごいとおっしゃっていましたよ」

紅明璃は無邪気に笑う。

（皇帝と話したのか……）

どんな意味ですごいと思われているのか。

考えると怖いので、気にしないようにしておく。

「困っていることがないかと聞かれたので、食事が冷めているのがいやだと言いました！　なんとかしてくれるっておっしゃっていました」

「それは素晴らしいことだな。楽しみにしておこう」

笑いながら本気で楽しみにしていると、紅明璃の熱視線を感じる。

紅明璃は目をきらきらと輝かせながら鈴花の髪を見つめていた。

「――鈴花おねえさま、今日の髪飾り、とても似合っています」

「ありがとう」

焔からもらった髪飾りを、今日初めて身に着けた。皇帝から賜った二本の簪と一緒に。

宮の外に出ない日ならいいかと思って、今日という日にした。

――本当は、一生身に着けるつもりはなかった。

だがその二つがあまりにも綺麗で、箱の外に出したくなって、身に着けてみたくなって、琳琳に頼んで髪に飾ってもらった。

合わせて着けてみたら、予想以上に調和して、どちらか一方だけを選ぶこともできなくなった。まるで一緒にあるべき運命だったかのように。

――皇帝から簪を賜ったとき、鈴花は誇らしさを感じた。自分が道具ではなくて人間であることが、妃の一人であることが、皇帝に認められたかのようで嬉しかった。

焔から髪飾りを貰ったとき、戸惑いと喜びを感じた。その喜びは後宮妃としては許されない感情だが――それでも、本当に嬉しかったのだ。

白妃としての誇りも、鈴花個人としての喜びも、どちらもかけがえのないものだ。どちらか一つなんて選べない。

誰にも言えない感情のこもる宝物に、そっと手を触れる。

「とても……とても、大切なものなんだ」

そのとき、月餅の焼ける香ばしい匂いがふわふわと漂ってくる。

「――さあ、月餅が焼けた。一緒に食べよう」

そしてその日は、二人で茶と熱い月餅を楽しんだ。

それは寒い日の、とてもあたたかい記憶として、鈴花の胸に刻まれた。

■第四章　龍の涙

年の瀬の後宮は静かなものだった。

それは、冬の寒さと厚い雪のせいだけではない。

後宮で働く人々に、風邪がすっかり蔓延《まんえん》してしまったからだ。静寂がより一層厚くなり、そんな中でもまだ元気のある女官たちが人手不足を補うようにせっせと働いている。

鈴花《リンファ》はそんな人々の姿に活力を貰いながら、寒風の吹く回廊を歩いて東宮へ向かう。

ずっと風邪気味の蒼月瑛《ソウゲツエイ》の見舞いに行くためだ。

東宮に到着すると、その静けさに驚いた。蒼妃の従者は物静かなため、いつも落ち着いた雰囲気だったが、今日は尚更《なおさら》だった。

鈴花は青衣を着た女官に迎えられ、蒼月瑛の部屋に通される。

蒼月瑛は寝台で身体を起こしている状態で、鈴花と対面した。

部屋には火鉢がいくつも置かれ、ちりちりと炎が燃える音と、柔らかな炭火の匂いが充満していた。

金や水晶の装飾が、差し込む冬の光を受けているが、いつもの輝きを失っているように見えた。

「大丈夫ですか、蒼妃。風邪が長引いてしまっているようですね」

「ええ……このような格好で失礼いたします」

いつもしゃんとしている彼女からは考えられない弱った姿だ。

「でも、きっと、もうすぐ快癒いたしますわ」

小さく咳を零しながら、確信めいた眼差しで言う。

「――今年は、北の名家である玄家《ゲン》から献上されたあるものが、わたくしたちにも振る舞われるようですから」

「玄家からの献上品、ですか？　それはいったい――？」

新しい後宮妃が玄家からやってくるのは知っていたが、献上品のことはまったく聞いていない。

鈴花の問いに、蒼月瑛は微笑む。

「長命水、あるいは万病薬――古くから黄家《コウ》に献上され続けてきた、龍泉水です」

「龍泉水……あの、伝説の？」

――不老長寿の妙薬とも呼ばれている水だ。

かつてこの大地は厳しい旱魃《かんばつ》に見舞われ、人々は生きる希望を失いかけていた。

その時、初代皇帝が龍の姿に戻り、天に昇って雷を落とした。そしてその場所に美しい蓮の花が咲き、根元から清らかな水が湧き出したという。

（それが、龍泉水の始まりだったか……）

水は甘く、飲む者に健康と長寿を与え、更には病を癒《い》やす力があったという。黄家は代々この水を大切に守り、必要な人々に分け与えた。そうして旱魃を乗り越え、帝国はますます栄えた。

龍泉水が湧き出した場所は神庭とされ、一般の人々は近づくことすら許されない。

それをいま管理しているのが玄家だ。

「長い間涸れていましたが、六年前に奇跡の復活を果たした霊水――量が乏しく、黄家に不幸もあって献上が途絶えていましたが……この度、玄家の姫が後宮に上がることになりましたから、共に献上されるようです」

蒼月瑛の声に力がこもる。鈴花は黙って聞いていた。

「その龍泉水をいただければ、この風邪も快癒するはずですわ」

鈴花は微笑んで頷きつつも、龍泉水とやらには疑問を抱いていた。

寿命を延ばす水。

万病に効く水。

(そんな都合のいいものが本当に存在するのだろうか……)

そんなものが本当にあったら、『紫涙の変』など起こらなかったはずだ。

(だが、思い込みの力というのは強いものだ……信仰を集めている霊水ならば、ある程度の効果はあるかもしれない)

信仰で病が治るなら、それはそれでありがたい水だ。

(それにしても、蒼妃も意外と信心深いのだな……)

そして、まだ見ぬ玄家の姫のことを考える。龍泉水を携えて後宮に訪れる、北の有力者の姫君。

玄家と彼女の影響力は、きっと強大なものとなるだろう。

◆◆◆

今年ももうすぐ終わりという日、新しい妃を迎えるために、後宮妃たちが正装で門の前に並ぶ。

鈴花は震えを我慢しながら寒風に耐える。

張り詰めた緊張感の中、重い扉がゆっくりと開かれる。

光と共にその先から現れたのは、美しい女性だった。

まっすぐな黒髪に、雪のように白く輝く肌。そして誰よりも豪奢な装い。黒を基調とした衣に、金糸と銀糸、そして多くの宝玉で華やかな刺繍が施されている。

鈴花はその美貌と、随行する多くの侍女と女官たちの人数と装いに、ほんの一瞬だけ息を呑んだ。出《い》で立ちの豪華さに玄家の力が窺い知れる。権力も、財力も、かなりのものだ。

「白《ハク》妃様、蒼妃様、小紅《コウ》妃様――玄《ゲン》家の静麗《セイレイ》と申します。どうぞよろしくお願いいたします」

――玄静麗の言葉の一つずつに、強い自信と重みがあった。

まるで、気高い氷のようだ。人が決して到達することのできない高い峰の。

(彼女が、玄静麗……)

紅珠蘭《コウシュラン》殺害事件の顚末《てんまつ》により、かつての勢いを失《な》くした黒《コク》家を押しのけて後宮入りした北の姫。

しかも、龍泉水という特別な献上品を携えて。

北の方角から冷たい風が吹き、微笑む玄静麗の黒髪を揺らす。

黒い瞳は何もかもを吸い込んでしまいそうな深さを持っていた。

「ようこそお越しくださいました、玄妃。龍帝国の安寧のため、共に陛下にお仕えいたしましょう」

鈴花が先に挨拶をすると、蒼月瑛も頷く。

「玄妃様のご到着は我々後宮妃にも新しい風をもたらすことでしょう」

「よろしくお願いいたします」

紅明璃《メイリ》の明るい声が響く。

そして、後宮の門がゆっくりと閉ざされていく。

玄静麗と従者たちは、そのまま北宮に向かう。

「――これで、久しぶりに後宮に四妃が揃いましたわね」

いま最も皇帝の寵愛を受けているだろう蒼月瑛が微笑む。新たな妃の入内《じゅだい》にも焦っている様子は皆無で、むしろ嬉しそうにさえ見えた。

「きれいな方ですねぇ……少し、蒼妃さまに似ているかも」

紅明璃が呟くと、蒼月瑛は頷いた。

「ええ。わたくしと彼女は親戚関係ですから、少し似ているかもしれませんね。さあ、わたくしたちも、宮に戻りましょう」

◆◆◆

――年が明け、新年を祝う数々の儀式の後に、天寧宮の大広間で宴《うたげ》が催される。

楽団が音楽を奏で、舞い踊る人々の衣装が華やかに映える。中央では色鮮やかな龍と鳳凰の人形が絢爛な舞を披露している。

大広間には、後宮に住まうものだけではなく、大貴族たちも集まっている。

もちろん皇帝も出席しているが、御簾の向こう側にいるため、気配しか感じられない。

鈴花は思わず焔《エン》の姿を探したが、どこにもいなかった。

（いかん、余計なことを考えるな）

四妃も美麗な装いを整えて、並んで宴を見つめていた。

特に玄静麗の美貌はひときわ眩しく、その瞳は黒曜石のように煌めいている。

鈴花も四妃の一員として、微笑みを浮かべてその場に座る。皇帝から賜った簪を髪に挿して。

そして、宴の盛り上がりが最高潮に達したころ、玄家からの献上品が大広間に運び込まれてくる。

初代皇帝が龍の姿に戻ってもたらした、奇跡の力を持つと信じられている水が。

(あれが、龍泉水か……)

伝説の霊水が、いまこの場にやってきている。

大広間が一瞬、緊張と興奮で静まり返った。

大勢が見守る中、毒見が済まされ、四人の毒見役によって無毒と判定される。

その後、順番に龍泉水が運ばれていき、皇帝と四妃にも龍泉水が届けられた。

青白い磁器の細い注ぎ口から、この日のために特別に作られた白磁器に、澄んだ水が注がれる。

皇帝の一声をもって、全員が白い磁器の杯を手にする。

鈴花もその水を口に運ぶ。わずかに甘い香りが感じられる無色透明の水は、喉を潤《うるお》し、内なる疲れさえも癒やしていくようだった。

そして喉を通り過ぎた瞬間、熱い刺激が身体に響く。驚きで杯を下ろすと、その刺激はやがて温かな感覚に変わり、身体中に広がっていく。

(本当にただの水なのか……？　なんとなく、酒に似た味わいだ……)

鈴花はわずかに眉を顰め、器に残る水を見つめる。

ゆらゆらと揺れる水面は、まるで何かの生き物のようだった。

（こんなものが自然に湧き出すのなら、なるほど確かに、奇跡の水だな……）

龍泉水の影響か、宴の熱に当てられたか。少しずつ、頭がふわふわとしていく。

周りが遠くなるような錯覚に囚われる。楽器の音や笑い声も遠くになり、すべてが何となくぼんやりとしていった。

宴は更に盛り上がっていく。

光が何重にも煌めいて見える。心地よい酩酊《めいてい》感のおかげか、宴が一層華やかなものに感じられた。

その光景を楽しんでいる鈴花の元へ、玄静麗がやってきた。

謙虚な笑顔で小さく頭を下げ、鈴花の目をじっと見つめる。

「龍泉水はお気に召していただけましたでしょうか」

「……はい。かの伝説の水をこうして口にできる日が来るなんて、思ってもいませんでした」

鈴花は素直な感想を口にする。

（それにしても、本当に美しいな）

玄家は龍泉水の湧き出る地を管理している家だ。貴族というよりも、神に仕える巫覡《ふげき》に近い。そのせいか、玄静麗にはどこか神秘的なものすら感じる。内側から光り輝いているかのようだった。

「わたくし、白妃様とお会いできて光栄です。月瑛姉様からの文に、白妃様がどれだけ素晴らしい御方か、たくさん書かれていましたので」

「私のことがですか？」

「はい。ですからずっと、どのような御方なのかと想像しておりました」

随分と蒼月瑛と親しいらしい。

呼び方も、文を熱心に交わしていることも、それを示唆している。

(親戚と言っていたしな……)

――それを言えば、貴族はほとんどが姻戚関係を結んでいる。全員が親戚同士のようなものだ。

後宮に四妃として迎えられるのも、有力な貴族の姫ばかり。皇族の姫も貴族に嫁ぐ。

ただ、白家はそういう婚姻政策とはずっと無関係できていた。

白家の人間で、後宮に迎えられたのも、鈴花が初めてだ。

(しかし……文に自分のことが書かれているとなると、少し落ち着かないな)

いったいどんな風に書かれているのだろうか。

「想像よりもずっと美しい御方で、わたくしもすっかり白妃様の虜《とりこ》になってしまいました」

「……ありがとうございます。私も、玄妃の美しさについつい見惚《みほ》れてしまいます……」

玄静麗がふわりと微笑む。やはり、目を奪う美貌を持っている。

「これからどうぞよろしくお願いいたします、白妃様」

「ええ、こちらこそ」

「わたくしは、このあたりで失礼させていただきますね。それでは……」

一度だけ皇帝のいる御簾の方を見て、すっと立ち上がる。

何とも言えないなまめかしい雰囲気が、一瞬だけ漂った。

(皇帝も、玄妃の美貌を気に入るだろうな)

鈴花自身、魅了されてしまいそうな美しさだ。

どんな男も、女も、目を奪われる。

(――その方がいい。一日でも早く、子を生《な》してもらいたいところだ。蒼妃にも強力な好敵手が出現したものだな……)

他人事のように思う。そして実際、他人事だった。

いまだ寵愛を受けていない鈴花は、敵とも思われていないだろう。

(いったい誰が皇妃の座につくことやら)

宴は賑わいを増しながら続いていく。鈴花はぼんやりと、宴に見入った。

――異変は、その三日後に起こった。

◆◆◆

その日、鈴花は奇妙な胸騒ぎと震えを感じながら目を覚ました。

(今日は、一段と寒いな)

部屋の空気は冷たくて、吸い込むと痛いほどだった。

鈴花はもぞもぞと布団に潜り込み、小さく丸まって柔らかな温《ぬく》もりに包まれる。

寝台の中で暖を取っていると、廊下からどたばたと足音が響いてくる。

「白妃様！　大丈夫ですか？」

女官の琳琳《リンリン》が慌てた顔で部屋に駆け込んでくる。

布団から這い出た鈴花は寒さに震えつつ、琳琳を見つめた。

「琳琳、どうした？」

「変なところはありませんか？　身体に、紫の痣《あざ》がたくさん出ていたり」

「なんだいきなり……少し待ってくれ」

あまりの迫力に気圧《けお》されながら、自分の身体を確認していく。身体の調子、肌の色。腕に胸、腹に足、どこかに異変はないか。見る限り、特に異常はない。

「大丈夫だ。いつもと何も変わらない」

「よかったぁ……」

声には心底からの安堵が込められていた。

鈴花は寝間着《ねまき》を整えながら、琳琳を見上げる。

「いったい何事なんだ」

「――実は、後宮中で変な病気が流行っていて……」

「変な病気？」

「はい。他の宮の侍女の方々や、女官の一部、蒼妃様と玄妃様にも症状が出ているようです」

「……それは、どんな症状だ？　……紫の痣が出るのか？」

「はい。ひどい風邪のような症状と、身体中に鱗《うろこ》のような紫の痣が出るそうです」

――鱗のような紫の痣。

その症状に、鈴花の心の中に不穏なものが浮かび上がる。

(なんだろう……とても、嫌な予感がする)

鈴花は琳琳の顔をまっすぐに見つめ。

「きみは大丈夫なのか？」

「あたしは全然平気です！」

「それはよかった。では琳琳、すまないが、どんな者が発症しているのか、あるいはどんな者が無事なのかを、もう少し調べてきてはもらえないか？　他の詳しい症状も知りたい」

「わかりました！」

「では、頼む。ただし、くれぐれも気をつけてくれ。病人に近づきすぎたり、患部に触れたりは避けた方がいい」

「わかりました！」

琳琳は力強く頷き、元気よく部屋を飛び出していった。

鈴花はもぞもぞと着替えを始める。

(さてはて、いったい何が起こっているのか……ただの感染症ならほどなく終息するだろうが……とりあえず、全滅していなくて不幸中の幸いというところか)

琳琳の言葉通りなら、全員が病にかかっているわけではなさそうだ。まだ発症していないだけかもしれないが。

(感染症だとしたら、広まったのは新年の宴でだろうか……)

大広間には多くの人間が詰めかけていた。

あれだけの人口密度が高い状況は、後宮ではほとんど発生しない。

(いったい誰が持ち込んだのか……聞いたことのない病だから、玄家の人間の可能性が高そうだが……後で確認しておかないと。このような病を聞いたことがあるか、対処法や治療法はあるのか)

衣を替え、帯を巻きながら、鈴花は天寧宮のことを思った。

(皇帝と……焔は、無事だろうか……)

その時、胃が空腹を訴える。

(今日は……朝餉は食べられるのだろうか……)

近々の不安を抱きながら、鈴花は琳琳の帰りを待った。

しばらくして戻ってきた琳琳は、鈴花用の朝餉の膳を抱えていた。

あたたかい粥と漬物だけの朝餉だが、いまの状況を思うと格別に美味しそうに感じた。

「とりあえず、後宮女官や下女、宦官の方々はほんの一部しか発症していないようです。ですから、食事の用意については大丈夫です」

「それはよかった」

心の底から喜び、朝餉を食べ始める。食事が提供されなくなれば、それこそ大変だ。洗濯も止まってしまえば、別の病が発生してしまう。

「痣が出ている方たちは、ひどい風邪のような症状が出ているそうです。熱が高かったり、咳が出たり、喉が痛かったり、身体中が痛かったりすると聞きました。蒼妃様と玄妃様は、特に症状が重いそうです」

琳琳の報告を聞きながら、やはり風邪の一種なのだろうかと考える。

そして。

(なんというか……身分が高い者たちが患っている気がするな)

女官には貴族の娘もいるが、そうでない者もいる。裕福な家に生まれ、勉強ができる女子も女官として働ける。下女は、外から職を求めてやってきた民たちだ。宦官は、後宮で皇帝に仕えるために――あるいは宮刑によって、去勢された男たちだ。

彼ら彼女らが無事なのは、やはり身体が頑強だからだろうか。

(私も一応貴族だが……龍帝国の貴族とは別物だ)

白家は地方貴族で、黄家や他の帝国貴族とは血を混ぜずに生きてきた。

他の貴族たちからすれば、異物である。

(まあ、このあたりは妄想か。病が、貴族かそうでないかを選んでいると考えるのは非現実的だ)

考え込んでいると、琳琳がぽつりと呟く。

「……龍泉水ってもう残っていないのでしょうか」

「……うん?」

「万病に効く霊水ですし、この病気にも効くはずです」

「どうだろうな……割と大盤振る舞いしていたようだし、日も経っているし」

残っていたとしても少量だろうし、だとしたら皇族や大貴族が独占するだろう。

「……琳琳も賜ったのか?」

「はい。少しだけでしたが、後宮の希望者全員がいただくことができました。とてもおいしかったです」

鈴花の心に疑念が浮かぶ。

「後宮にいる希望者全員が龍泉水を飲めたのか。それなら、なぜ病が流行している? 万病に効く霊水なのに」

「え？　えっと、それは……飲んだ後に、罹《かか》ったとか」

「予防効果はないということなのか？　……一度に罹った人数を見るに、感染症なのだろうが……罹った時期は、皆が揃った新年の宴だろうし……その後は集まりはない……」

考えを口にしながら、更に考えていく。

そして鈴花は一つの結論に達する。

「……事実だけを追っていくなら、龍泉水が原因としか思えないが」

「まさか！　龍泉水はありがたい霊薬だと、皆が言っていました。病気の原因になるなんてありえません。食事の中に悪いものが入っていたか、悪い風邪——そう、風邪です！」

琳琳は断言するが、鈴花の疑念は深まるばかりだ。

そもそも、龍泉水が真に万病に効く霊薬ならば、こんな病が蔓延すること自体がおかしい。

(それにしても、琳琳はどうしてこんなに龍泉水を信じているのだろう……いくら神話由来だからといって……)

龍泉水は初代皇帝がもたらした奇跡の水。それがただの水や薬以上の意味を持ち、信仰されているのは、鈴花にもよく感じられた。

——龍泉水は、龍の——皇帝の威光そのものであり、龍帝国の繁栄と安寧の証なのだ。

それを疑うなど、臣下として、民として、あってはならない。

そう無意識に刷り込まれているのだろう。

——鈴花は、正直なところ、そこまでではない。

誰かに聞かれてしまえば不敬だと思われるようなことでも、普通に考える。

思考の内に、禁忌はない。

「琳琳……嫌なら言わなくていいが、きみは貴族の血を引いているか？」

――名門紅家の女官だった琳琳は、貴族と血縁がある可能性が高い。

念のために訊いてみると、琳琳は怯えたような表情をした。

「え、ええと……あたしはその、孤児《こじ》なんです……」

いまにも泣きそうな顔で紡がれた言葉に、鈴花は驚愕《きょうがく》した。

「大きなお屋敷に下働きとして雇われて、でもそこでも失敗ばかりしてて……そんな時、たまたま紅珠蘭様によくしていただいて……後宮にまで連れてきていただけました。だから、その……」

――貴族の血は、引いていない。

「そうか……辛いことを訊いてすまない」

鈴花はようやく、琳琳が家に帰りたがらなかった本当の理由を知った。

こんな形で聞き出すことになってしまったことを申し訳なく思う。

「話してくれてありがとう。よかったら、これからも私を支えてほしい」

「は、はい……！」

ほっとしたように表情を和らげる琳琳を見て、鈴花は胸が痛くなった。

（私に何かあった時のことも考えておかないといけないな……）

膳を下げていく琳琳を見ながら、強くそう思う。

もし皇帝に――そして鈴花に何かあったら、琳琳は行き場がない。

（万が一のために、手紙を書いておくか）

もし行く当てがなかったら、白家を頼るようにと。

当主である兄は、琳琳を庇護《ひご》してくれるだろう。

(――そうだ。琳琳への手紙に、焔に貰った髪飾りを故郷に届けてもらうように託しておこう。もし金子に困ったら換金するようにと添えたらいい。きっと、焔も許してくれる)

その後、西宮で手紙を書く鈴花の元に、一通の文が届いた。

皇帝からの呼び出しだった。

◆◆◆

天寧宮の空気は、かつてないほどに重かった。

そして、いつもは落ち着いた静けさに満ちているのに、今日はどこか慌ただしい。

女官たちが病に倒れたことで人手が足りないから、緊急で他の場所から人を集めてきているのだ。

鈴花も緊張を肌で感じながら、皇帝の寝所に向かう。

普段なら謁見用の部屋で会うのだが、今回は寝所でということだった。

廊下に立つ兵たちの表情も、いつもよりも硬い。

(ここに来るのは、初めてだな。まさかこのような形で訪れることになるとは)

寝所に通されるということは、やはり皇帝も発症しているのだろうか。

(だとしたら、大変なことだ)

いま生きている皇族の直系男子は、黄景仁《コウケイジン》皇帝だけだ。

後継ぎとなる皇子が生まれていないいま、皇帝にもしものことがあったら、帝国の根幹が揺らぐ。

(それこそ、私の力を使うときか)

身の内の神鈴を意識する。

生まれたときから宿っている、古き神々の神器。

死んだ人間を黄泉がえらせることができる異能。

その代償として自分が死ぬことになっても、とっくに覚悟はできている。

——これは、白家と黄家の契約だ。不履行があってはならない。


寝所の前に到着し、しばらく待たされた後に、重厚な扉が開いていく。

鈴花だけ中に入ると、再び扉が閉ざされる。

「失礼いたします。白鈴花です」

外と完全に遮断された空間で、御簾越しに皇帝と対面する。

普段の緞帳と違うせいか、いつもより皇帝の気配が感じ取れる。

(この香り……薬湯と、香に混じる甘い香りはなんだ……? 最近、どこかで……)

違和感を覚えつつも、他の香りに紛れてわからなくなる。

「——白妃は、異常はないか」

その声に威厳は感じるものの、これまでとは響きが少し違う。

喉が腫れているのかもしれない。

そして鈴花は声よりも、労《いたわ》りの言葉に驚いた。鈴花は替えの利く道具でしかない。もし鈴花が先に死んだら、別の『神器持ち』が白家から来るだけのことだ。

「──はい。幸いにも、何の症状もありません」

「そうか。それは、よかった」

少し間をおいてから、やや掠《かす》れた声で言う。それと同時に、皇帝の緊張がほんの少し解けるのを感じた。

鈴花は不思議な気持ちになる。

(皇帝にとっては、私はただの道具のはずだ……)

なのにその声色では、その言葉では、まるで。

鈴花を心配しているかのようで。

(──いや、黄泉がえりは早い方がいいからな。死体の損傷は修復できるが、早ければ早いだけいい。だから、私が無事な方がいいだけだ)

──死者を黄泉がえらせることができるといっても、たった一度だけだ。二度目はない。一度黄泉から戻った魂は、もう二度と黄泉に行くことすらできずに消滅する。

それに、損傷が修復できるといっても、すべて完璧に戻せるわけでもないという。だから理想的なのは死後すぐに復活させることだ。

そのためには、鈴花が無事でいることが最も都合がいい。それだけだ。

鈴花は自分を納得させ、心を落ち着かせた。

「白妃も気づいているだろうが、いまは病が蔓延している。後宮だけではなく、宮廷の方でもだ」

──後宮外にまで。

「くれぐれも気をつけよ……もう下がってよい」

「え？」

「どうした」

「——いえ」

——病の原因を探れとでも言われるかと思ったのに。

これでは、無事を確認したかっただけかのようだ。

鈴花は少し考えた後、息を深く吸い、顔を上げた。

「——陛下。私に、この病の調査をさせてください」

「……なんだと？」

「私は医術の専門ではございませんので、何か成果が得られるかはわかりませんが、お願いします」

鈴花はこの病に深い関心があった。

病の嵐が去るのを待つのが最も利口だろう。だがいま、何もしないでいることはできない。とても嫌な予感がして堪《たま》らない。自分の心に突き動かされるままに嘆願する。

「……好きにせよ」

長い沈黙の後、皇帝の声が響く。

「ありがとうございます。それではさっそく一つ教えていただきたいことがあります」

「赦す」

「皇帝陛下の御身は、ご無事なのでしょうか？」

再び沈黙。今度は先ほどよりも重苦しい。分厚い壁を作られてしまったようで、内心焦る。

鈴花は深々と頭を下げた。

「申し訳ございません。出すぎたまねをいたしました」

「………………」

――ここで引き下がるべき、なのだろうが。

鈴花は図々《ずうずう》しいのが性分だ。

「代わりに、教えていただけませんか。――焔は、どうしているでしょうか。可能なら、彼の手も借りたいのです」

また、長い沈黙が続く。

今度は鈴花も引き下がらない。

この件は、いままでより根深い問題が潜んでいるように感じる。人手が欲しい。

そして何より――会いたい。無事を知りたい。

「あやつは、もう、後宮には出さない」

その言葉に、鈴花は頭を殴られたような衝撃を受けた。

頭が真っ白になり、一瞬すべての思考が停止する。身体が震え、息すら詰まる。

（私のせいか……）

凍りついた心に最初に浮かんだのは、自責の念だった。

胸が締めつけられる。震える手を、ぎゅっと握りしめる。

（さすがに、頼りすぎたか？　皇帝の不興を買ったか？　あいつ自身が、嫌気が差したのか……？）

どれだけ考えようとわかるはずがないのに、思考が止まらない。

「……無事かどうかだけでも、教えていただけませんでしょうか。彼には多く助けられましたので」

「くどい」

それ以上の言葉は必要ないと、強く拒絶される。

「……申し訳ございません」

——だめだ。

皇帝を怒らせてはいけない。

焔の出世に響く。下手をすればそれ以上の影響が出る。

彼の邪魔をしてはいけない。

再び息を深く吸い、ゆっくりと吐く。

——もう会えない。ただ、それだけのことだ。

きっと、どこかで元気に働いている。きっと。

「後のことは、後宮医の尹隆《インリュウ》から聞くがいい」

「……はい。ありがとうございます」

鈴花はもう一度深々と頭を下げ、退室した。


皇帝の寝所を出て、来た道を戻る。宮中は相変わらず空気が重く、鈴花自身、鉛を呑んだかのように身体が重い。

足が自然と、人の気配がない方へ向かう。

誘われるように、人のいない庭園に足を踏み入れると、冷え切った空気が顔を撫でた。

降り積もった雪を踏み、庭を歩く。

冬でも鮮やかな山茶花《さざんか》の陰に隠れ、鈴花は詰まった息をゆっくりと吐いた。軋むような心の音を押し殺すように、深く呼吸をする。

冷たい、清涼な空気が身体を満たす。わずかに気が緩んだ刹那、目許《めもと》から溢れ出てくる涙が、ぽろぽろと零れ落ちていく。

(……なんだ、これは……)

困惑する。

何がこんなに苦しいのか。悲しいのか。

何にこんなに絶望しているのか。

(……ああ、そうか……)

鈴花は自分が閉じ込めていた想いに気づいた。気づいてしまった。

(私は、焔が好きだったのか……)

初めて、恋心を自覚した。

自覚してしまえばすべて納得がいく。だからこそ、髪飾りがあんなに嬉しかった。そして、受け取ることに恐れを抱いた。後宮妃が皇帝以外に恋情を抱くことなどあってはならないと、心のどこかでわかっていたから。

——だが、受け取ってしまった。

自分の気持ちに突き動かされて。だから、もう会えないことがこんなにも苦しい。

「————ッ」

自分の頬を両手で強く叩《たた》く。

(泣いている場合じゃない！　私が、調査を志願したのだろう！)

――無駄にしていい時間などない。

鈴花は頬の痛みに促されるように、顔を上げる。

未知の病により、後宮――いや、帝国が揺らいでいるのだ。立ち止まっている場合ではない。

(もう会えないのなら、その方がいい。この気持ちはいつか私自身を滅ぼした)

だからこれでよかったのだ。

口元を強く引き結び、前に踏み出した。


後宮の医務室は、天寧宮の一角にある。

薬草園になっている庭を横目で眺め、鈴花は医務室へと足を踏み入れた。

――薬の匂いがした。わずかに苦く感じるものの、どこか安心する匂い。

室内は整然としていて、壁にはたくさんの引き出しのついた棚が並べられている。中身は薬の材料だろう。棚の上には瓶詰めの生薬がきっちりと並んでいる。

調合用の器具も、台にきちんと整列していた。どれもしっかりと手入れされ、使い込まれている風合いがあった。

部屋の中央には卓が一つあり、その前に後宮医が立っていた。

白髪の宦官だ。年齢は五十ぐらいだろうか。彼の目と表情は穏やかで、目許に刻まれた皺《しわ》は、長らく後宮で生き、あらゆるものを見てきた人間のものだ。

「お待ちしておりました、白妃殿下。どうぞ、お座りください」

「――尹隆殿。世話になる」

話は既に通っているらしい。伝達が早い。尹隆の穏やかな声に促され、椅子に座る。

(――彼が、紅妃の検死をしてくれた後宮医か)

彼の協力があってこそ、真実を見通すことができた。

いまも病の蔓延で忙しい状況だろうに、穏やかに迎えてくれる。

二人きりの室内は雪が葉から滑り落ちる音がよく聞こえるくらい、静かだった。人払いをしているのだろう。周囲に人の気配はない。

「尹隆殿は、この度の病、どのように考えている」

鈴花はずばりと切り込む。

尹隆の目が一瞬細くなる。彼は何かを測っているかのような表情を見せた後、慎重に口を開いた。

「……この症状は、龍涙疾とよく似ています」

「それは……『紫涙の変』の?」

慎重に言葉を紡ぐと、尹隆は目を閉じ、静かに頷いた。

「全身に現れる紫斑《しはん》と高熱。意識の低下……食欲不振に関節の痛み、呼吸不全……私の記憶と合致《がっち》しています。特に、龍の鱗のような紫斑……間違いないでしょう」

「その時患ったのは、皇族ばかりではなかったか?」

確認のために問うと、尹隆は黙する。

鈴花は気にせず、言葉を続けた。

「私は、今回の病に罹っている者たちは、少なからず――龍の血を引いていると考えている」

――しかも、それが濃いほど症状が重いと。

「……確かに、特定の血族のみ発症する病というのは存在しますが……」

尹隆はそれ以上は口を噤《つぐ》んだ。

（やはり、そういう病はあるのか）

妄想が、現実味を帯び始めている。もちろん、まだまだ妄想の域を出ない。

「――一つ、確認したい。尹隆殿は、龍泉水を知っているな？」

「ええ、もちろんでございます」

「尹隆殿は、龍泉水は飲んだのか？」

「いいえ」

「そうか……あの水は、無色透明で、ほんのりと甘くて、飲むと熱くて、くらくらした……酒精でも入っているのかと思ったほどだ」

その味を、その後の高揚感と酩酊感を思い出しながら語る。

あれは普通の水ではなかった。

「二十年前――一度涸れる前にも、この水は献上されていたと思うが、その頃に龍涙疾の発症記録はあるだろうか？」

「……記録は残っていますので、調べさせていただきます」

「頼む。それから、『紫涙の変』――この頃に、龍泉水が献上された記録はあるだろうか？」

尹隆は、数度深い呼吸を繰り返し、わずかに視線を落とした。

「……白妃殿下は、龍涙疾と龍泉水には関連があるとお考えなのですね」

「ああ」

鈴花ははっきりと肯定した。

「もし、私の考えの通りだとしたら、大変なことだ。だからこそ、ちゃんと調べたい。否定するためにも材料は必要だ」

鈴花の考え通りだとしたら。

龍泉水が霊水ではなくなり、玄家の献上品が毒だったということにもなる。

それは初代皇帝の伝説にも泥を塗る。天地をひっくり返すに等しいことだ。

だからこそ、不確かなことは言えない。

「私の仕事は、陛下に真実を伝えることだからな。だから、可能性の一つとして調べておきたい」

「……白妃殿下は、自由な発想をお持ちだ。それは、この後宮ではとても貴重なものです」

「それは、私が貴族のしきたりや勢力に縛られていないからだろう。何年ここにいても、私は異物のままだし、それでいいと思っている」

異物だからこそ、好きに動ける。

取り込まれてしまえば、大きな力に守られるだろうが、縛られることになる。

それでは真実は見えない。

鈴花が見たいのは、闇の奥に隠されたものだ。この病の底に隠されたものだ。

「承知いたしました、白妃殿下」

静かに視線が交わされる。まるで契約を交わすように。

尹隆は身を起こし、優雅に鈴花に一礼する。

鈴花はそれを受け、小さく頷いた。

「ありがとう、尹隆殿。この件は内密に——そして、くれぐれも慎重に行動してほしい。あなたに何かあったら大変だ」

「お心遣いありがとうございます。何か進展がありましたら、すぐに報告いたしますので、白妃殿下は宮にてお待ちください」

「いや、私も手伝おう」

尹隆は驚きの表情で一瞬言葉を失っていた。

鈴花は微笑みかける。

「尹隆殿も、皆も、自分ができることに励《はげ》んでいるのに、私が休んでいるわけにはいかない。病気のことは私にはわからないが、文献を調べていくことはできる。人手がある方が、調べものも早く終わるだろう？」

「大変助かりますが、よろしいのですか？」

「ああ。寝込んでいる病人のところに無理やり押しかけるわけにもいかないからな」

龍泉水を持ち込んだ玄静麗には是非《ぜひ》とも話を聞かなければならないが、玄静麗はいま病で倒れている。面会しようとしても侍女たちが許さないだろうし、病人を詰問したところでどれほど正確な話が聞けるだろうか。

それに、何の確証もないまま乗り込んでいったところで、はぐらかされるだけだ。

武器が欲しい。

疑惑の闇を晴らすための武器が、火が、欲しい。

「――ところで、献上された龍泉水はまだ残っているのだろうか」

「それはこちらの管轄外ゆえ、わかりません」

「そうか……」

残念だが、仕方がない。

(希望者全員が飲めたのなら、ほとんど残っていないだろうし、もし残っていたとしても、たいした量にはならないだろう)


――後宮医の書庫は、医務室の更に奥にあった。

扉を開けると、紙と墨の匂いと共に、薬草や木材の混ざり合った独特の香りが漂う。

部屋は暗く、わずかに窓から差し込む光が、古い竹簡や文献が積み上げられた棚を照らしていた。

「すごい量だな」

「――こちらが、二十年前の記録の棚です」

棚と棚の間で、尹隆はやや窮屈そうに立ちながら文献を取り出す。

鈴花は狭間から手渡された竹簡を受け取る。

竹簡の表面は時間の経過によって乾き、硬くなっていた。

少し広い場所に出てそれを広げると、詰まった丁寧な文字で、病名や症状、治療法といった内容が書かれていた。

鈴花はそれを追いかけ続けた。尹隆も同じように記録を確認していく。

そうしてしばらく二人で文字の海に沈み続けた。

浮上したのは、夕暮れの光が書庫に差し込みかけてからだった。

「——ありませんでしたね」

尹隆が最後の竹簡を巻き直す。

「ああ。龍泉水が二十年前に涸れる前までは、龍涙疾と思われる病はなかった。ありがとう、尹隆殿。では次は、六年前から『紫涙の変』の直前頃に、龍泉水が宮廷に運び込まれたかの記録が欲しいな」

「それこそ、宮廷の記録に残っておりましょう。手配しておきますよ。役人たちも素直に聞くでしょう。——これは、勅命なのですから」

◆◆◆

——二日後の朝。

「白妃様、朗報です！」

琳琳が興奮した様子で鈴花の部屋に入ってくる。

「臥《ふ》せっていた方々が、少しずつ元気になってきているみたいです。もう、ほとんどの方が起き上がれているみたいですよ」

寝台の上で寝ぼけながら報告を聞く。まだ瞼の裏には眠りの名残りが強い。

「……そうか。それはよかった……おやすみ」

「白妃様、もういつものお目覚めの時間ですよ！」

「最近あまり眠れていないんだ……睡眠は大切というのが信条なのに……」

言いつつも、ゆっくりと寝台から起き上がる。

そして座っている間に琳琳によって着替えが進められていく。

既に朝餉も運ばれてきている。白い磁器の蓋を開けると、中には澄んだ粥が入っていた。まだ少しあたたかい粥は、優しい香りを放ち、口の中でとろけていった。

(やはり、粥はいい……)

後宮であたたかいものを食べられていることも、喜びしかない。

食べながら途中で手を止め、机の上に並べてある三通の文に顔を向ける。昨日の夕方から準備したものだ。

「琳琳、午後から妃たちに会おうと思う。この文をそれぞれの宮に届けてくれないか？　南天《なんてん》付きの文は南宮に、水仙《すいせん》の文は東宮に、白椿《しろつばき》の文は北宮に頼む」

「はい！」

元気よく返事をして、文を持っていきおいよく西宮を飛び出していく。

鈴花はその間に朝餉を食べ、身支度の仕上げをし、昨日散らかした机の上の片付けをした。


午後からは琳琳と共に宮を出る。

昼を過ぎたというのに、後宮はまだ寂寥《せきりょう》とした空気が漂っていた。

最初は、紅明璃のいる南宮へ向かう。回廊を歩いていたその時、宮廷と繋がる廊下を女官たちがぞろぞろと歩いているのが見えた。どうやら、天寧宮に物資を運び込んで帰るところらしい。

（皇帝への見舞いの品かな）

特に気にせずまっすぐ進み、南宮へ到着すると、女官が快く扉を開けてくれた。

そして開いた扉の奥から、小さい影が元気よく駆け寄ってきた。

「鈴花おねえさま！」

紅明璃が嬉しそうに、顔を輝かせてやってくる。そして、むぎゅうと、抱きしめてくる。

「お待ちしていました！　会いたかったです！　今日は何をして遊びますか？　大伯母《おおおば》様から新しいすごろくをいただいたのです」

「私も会いたかったよ。でも今日は、あまり長居はできないんだ。すごろくはまた今度遊ぼう」

手を繋いで部屋に向かいながら言うと、紅明璃は残念そうな顔をした。

「小夏《シャオシャ》は元気か？」

「小夏はずっと丸くなっています。かわいいですよ」

ほどなく、紅明璃の部屋に到着する。

造り自体は四つの宮はほとんど同じ。窓の位置が違うくらいなのに、そこはあたたかさと優しさに満ちていた。部屋はすべて紅色と薄紅色、明るい金色で纏められている。強い印象の色なのに、柔らかさも感じられる。

床には、分厚くて毛足の長い敷物が置かれていた。

「ほら、あそこでよく寝てるんです」

指差す先では一匹の子猫――小夏が、敷物に沈みながら丸くなっていた。

無邪気な姿に心が和らぐ。

「ああ、今日も可愛いな」

笑うと、紅明璃も笑う。

「さて、小紅妃。何か困っていることはないか？」

「そうですねぇ。病の流行が収まるまで外に出ちゃいけないって言われているので、退屈です。退屈で退屈で、とっても困っています」

「それは大問題だな。だがきっと、もうすぐ収まる」

「鈴花おねえさまがそう言われるなら安心です。そうしたらいっぱい遊びましょうね」

「ああ。それから――一つ教えてほしいのだが、小紅妃は、新年の宴で龍泉水を飲んだのか？」

紅明璃は遠い記憶を辿るように目を細めた。

「ううーん……いいえ。変なにおいがしたから、飲みませんでした」

「そうか」

その言葉を聞いて安心する。そして、確信を深める。

紅明璃はきっと、龍泉水を飲んでいないから発症していないのだろうと。

そして、鈴花は飲んだが、鈴花は皇族の血を引いていない。

（やはり、発症しているのは、皇族の血を引き、そして龍泉水を飲んだ者だけ……これではまるで、皇族の血を根絶やしにするために存在するもののようだ……）

なんとも不思議な話だとも思うが、尹隆も特定の血族の身に発症する病はあると言っていた。

ありえない話ではない。

「小紅妃、きっともうすぐこの危機も終息する。それまで、どうか自分の身体を大切にして過ごしてほしい」

「はい、わかりました。みんなが元気になったら、いっしょに遊んでくださいね」

「ああ、約束する」

鈴花は紅明璃と大切な約束をして、その場を後にした。


次に向かったのは、玄静麗の住む北宮だった。

侍女に案内されて通された部屋は、香木の淡い香りが漂っていた。

部屋の絨毯や帳は、黒と灰色、白が巧妙に組み合わされていた。掛け軸も絵が入っておらず、墨の文字だけだ。無彩色の部屋の中で、中心の卓に飾られた紅梅の枝が印象的だった。

そして、入内してまだ日が浅い上、病のせいで片付けがあまり進んでいないようだった。少しだけ乱雑な印象を受ける。

窓からは、柔らかい陽光が差し込み、玄静麗を照らし出していた。その顔色はまだ青ざめていて、瞳はどこか疲れて見える。だが、病の峠《とうげ》は越えたようだ。

「申し訳ございません。本来はわたくしから伺《うかが》うべきところですのに……」

「いいえ、私こそお休みのところ申し訳ございません。お身体の調子はどうですか?」

「だいぶ良くなりました……」

玄静麗は微かに頷き、そう告げる。その顔には心労が滲んでいた。彼女はしばらくの沈黙の後、遠い目をして続けた。

「北から悪い病を持ってきてしまったのかもしれません。だとしたら、大変申し訳のないことをしてしまいました……」

鈴花は少しだけ眉を顰めた。

「……この病は、北方でも流行したりしていたのですか？」

声を小さくして、問う。

「流行というほどではありませんでしたが、稀に患者が出ていました。ここまでの大流行は、わたくしも初めてでございます。龍泉水があるのにこんなことになってしまうなんて……」

「……玄妃のご心痛、察するに余りあります。ですが、初代皇帝が天から降りてこられてから、六百年以上……龍泉水の霊力の源も、時を経ると共に少しずつ場所を移して、力が少し変わっているのかもしれません。そう、龍脈と同じように」

――龍脈、という言葉に玄静麗の肩が揺れる。

鈴花は微笑む。

「霊力の強さが移り変わることこそ、龍泉水が本物の神秘という証なのかもしれません」

玄静麗の顔から、警戒の色がわずかに和らぐ。

「ええ……時々、龍泉水の霊力も病に勝てないことがございます……そのせいで、月瑛姉様にも……」

玄静麗が短く息を呑み、言葉が途中で途切れる。

鈴花は気づかないふりをして、ただ静かに頷いていた。

「この度も、そうなのかもしれませんね……ですが、もう皆が快方に向かっているとのことですので、悪いことにはならないと思います」

言うと、玄静麗はほっとしたように身体の力を少し抜いた。

「それでは、私はこの辺りで。玄妃、お身体を大切にしてくださいね」

そう言って、鈴花は北宮を後にした。

「――琳琳、身体の調子は大丈夫か？」

回廊を歩きながら、後ろの琳琳に問う。

「はい、大丈夫です。次は蒼妃様のところですよね」

「ああ、先に戻っていてくれてもいいが――」

「いいえ、最後までお付き合いいたします。白妃様の専属女官ですもの」

誇らしげに胸を張る琳琳の姿が頼もしかった。

途中、北宮に向かう青衣の女官たちとすれ違う。蒼月瑛からの見舞いの品と手紙を、玄静麗の元へ運んでいるのかもしれない。

東宮に到着し、久しぶりに見た蒼月瑛の姿は、長引く病ですっかりやつれていた。肌には紫斑がわずかに残っていたものの、その瞳は生命力が強く滲んでいた。

「ひどい目に遭《あ》いましたわ……今回ばかりは死を覚悟いたしました。龍泉水の効能も、もしかしたらただの伝説に過ぎないのかもしれないと思ってしまったほどです」

首飾りの水晶を握りながら、やや張りのない声で呟く。

「大変でしたね……」

「本当に……後宮の者たちも、ほとんどが回復してきたみたいですが……」

病に臥せっていても、情報収集は欠かしていないようだ。

蒼月瑛は小さくため息をついて、憂いに満ちた眼差しで、ほんの一瞬だけ天寧宮の方角を見た。

「…………？」

その視線に、鈴花は言葉にならない違和感を覚えた。妙な胸騒ぎがする。

「──白妃様。何か悲しいことがあられました？」

蒼月瑛が、心配そうに声をかけてくる。

「えっ？　いえ……」

「白妃様は、しばらく前からすごくお綺麗で……まるで光り輝く太陽のようで、いまにも綻ばんばかりの蕾のようでした。ですが、近頃は陰っておられるように見えて……」

「そ、そうですか？」

「もしかしてですが──陛下のことで心を痛めておられるのですか？」

「え？」

一瞬戸惑う。

確かに、皇帝とのやり取りはあった。ひどく辛い思いもした。

だがそれは、鈴花と皇帝以外しか知らないことだ。

「安心なさってください。陛下が何故白妃様のところに訪れなかったかはわかりませんが、これからは違うかもしれませんわよ。それとも、もしかしてもう既に？」

「蒼妃……落ち着いてください」

──彼女はこんなあけすけな人間だっただろうか。

（私と皇帝のことを勘繰《かんぐ》るなんて……）

何もないと、彼女もよく知っているはずなのに。

それに、蒼月瑛も蒼家も、皇子を授かることを悲願としているはずだ。なのに何故、鈴花を応援するようなことを言うのか。

「ああ、申し訳ございません……わたくし、不安でして」

――もし、皇帝が子を成さずに崩御《ほうぎょ》したらと、不安に感じているのだろうか。

「いえ……今日はこれで失礼します。お大事になさってください」

逃げるように退室し、宮の出口に向かう。

（余計なことを考えるな。いま考えるべきことは、龍泉水と病の関係だけだ。とはいえ、龍泉水はすべてなくなっているはずだから、これ以上の被害の拡大はないだろうが……）

――本当に、そうだろうか。

本当にすべてなくなっているだろうか。貴重な霊水を、すべて振る舞ってしまうなんて。

「…………」

鈴花は足を止め、立ち尽くした。

――もし、まだ残っているとしたら。

奇跡の水と信じられているそれはいま、誰の元に、何のためにあるか。

――南宮に向かう際に見えた光景――宮廷から天寧宮に運ばれたものの中に、何があったか。

考えるまでもない。

（――迂闊だった！）

己の考えの至らなさに吐き気がする。

「――白妃様？　どうされました？」

東宮の外で待っていた琳琳が、鈴花の表情を見て驚きの声を上げる。

「先に戻っていてくれ！」

鈴花は一度だけ振り返って伝え、すぐさま天寧宮に向けて駆け出した。


「火急の用だ。通せ」

逸《はや》る心のまま天寧宮に入り、強い口調で告げる。

警備の者や女官たちの怯えたような視線を受けながら、鈴花はまっすぐに皇帝の寝所へ急ぐ。

ほとんど無理やり扉を開ける。

「皇帝陛下！」

中に飛び込んで声を張り上げると、御簾の向こうから激しく咳《せ》き込む声が響いた。

ぞっと背筋が冷たくなる。もし皇帝に何かあったら――

「陛下！」

居ても立ってもいられず御簾を開けた瞬間――時が止まった。

薄暗がりの中、寝台の上にいた人物を見て、鈴花は息をするのも忘れる。

「――焔……？」

「…………」

顔は伏せられ、視線が合わないようにされているが、見間違うはずがない。

寝台の上にいたのは焔だった。

顔色は悪く、以前見た時よりも痩《や》せていて、口元は吐き出したばかりの水で濡れている。

――会えた喜びよりも、驚きが勝る。

（どうして焔が皇帝の寝所に――）

こんな場所にいるのは、皇帝以外ありえない。

「……………」

その瞬間、鈴花はすべてを悟った。

「そうか……焔、お前は……」

「……………」

「……お前は、皇帝の影武者だったのか……」

そう考えれば、すべての辻褄《つじつま》が合う。

生き残っている皇族の男子は一人だけ。天龍を守るための護衛策の一つとして、影武者が置かれているのだ。――それが、焔だった。

だから彼は自分のことについて一切語らなかった。

表立っては存在しないことになっている人間だから。

その正体は、おそらくどこかの貴族の落胤《らくいん》だろう。市井で生きていたところ、影武者にちょうどいいと拾われたのだろう。そして時には、皇帝の気まぐれの命令を受けて他の仕事に就いていたのだ。

――謎は、すべて解けた。

「……いや……」

焔は長い沈黙の後、絞り出すように呻く。

「いい。何も言うな。秘密は必ず守る」

焔の表情には多くの逡巡や重荷が垣間見《かいまみ》えた。

鈴花は安堵とともに、深い寂しさと敬意を抱いた。

——皇帝の影武者。時には、使い勝手のいい道具。なんという重い役目だろう。

言えないことがたくさんあるだろう。だから、鈴花も問わなかった。

いま皇帝は別の場所にいるのだろう。病床に臥しているところを襲われないように。

焔を囮《おとり》のように置いて。

「……そちらに行ってもいいか?」

鈴花は返事を待たずに御簾の中に入り、更に焔に近づいた。

「……は、白妃……」

寝台に上り、その姿を間近で見る。

焔はびくりと震え、鈴花を制しようとした。

「やめてくれ……あなたが、穢《けが》れる」

寝間着と寝具が、先ほど吐き出した水と汗で濡れている。

「こんなことで穢れない」

腰が引けている焔の寝間着の襟をつかみ、ぐっと広げる。

鍛えられた身体に、紫の鱗のような痣——紫斑が浮かんでいる。

「白妃——ッ」

「やはり……龍涙疾か……」

顔を近づけ、匂いを嗅ぐ。あの特有の匂いがしない。

「先ほど飲んでいたのは、白湯《さゆ》か？」

「そ、そうだ――」

「龍泉水は、ここにはあるのか？」

「そこに――」

寝台脇に置かれている水差しを指差す。

焔から離れ、水差しの蓋を開けて中身を嗅いでみると、あの匂いがした。少し甘ったるい、酒精に似た匂いが。

「飲んだのか？」

「……病に効くと飲まされるが、正直気持ち悪くて、後で吐いている……」

酒が苦手なのかもしれない。それが功を奏したか。

それにしても影武者に貴重な水を飲ませるなんて。よほど大事な存在なのだろう。

「皇帝も飲んでいるのか？」

「……ああ」

「そうか。これはもう飲むな」

「龍泉水をか……？」

「そうだ。一切飲むな。絶対に飲むな。まだ仮定だが、おそらく皇族の血を引き、龍泉水を飲んでいる者が発症している」

水差しを叩き割りたいところだが、ぐっと我慢する。

驚いている焔に、鈴花は自分の考えを伝えていった。

「私は、純粋な白家の人間だから、発症しなかった。小紅妃は、変な匂いがしたから飲まなかったと言っていた。他の妃は発症した……」

水差しを見つめる。

「私は……『紫涙の変』も、この水が原因ではないかと疑っている。あれが起こる直前に、龍泉水が皇族たちの宴で振る舞われたと記録があった」

「……本当か？」

「ああ。病床でも、万病薬と信じられた龍泉水が振る舞われ続けた記録があった」

そちらは宮廷の記録に残っていた。

「大昔は、本当に霊水だったのだろう。万病に効く薬だったかはわからないが……ただ、二十年前の大災害の時に一度涸れた。おそらく、地震で水源が——龍脈の場所が変わった。そして、六年前に奇跡の復活を果たした——だが水は、既に汚染されてしまっていた」

地中の毒素が混入したか、はたまた誰かが毒を仕込んだか。

詳しいことは現地で調査しないとわからないが。

「……おそらく、『紫涙の変』も……発症後も、汚染された龍泉水を、なお万病薬だと信じて飲み続けたことで、重症化して弱っていったんだ」

「…………」

「今回、後宮内で発症した者は、その後は龍泉水を飲んでいないから回復に向かっている」

焔の顔に一瞬、安堵したような笑みが浮かぶ。

だがそれは次の刹那、ひどく暗いものに変わった。

「……そうか、そういうことか……」

安堵と怒りが混ざった声は、ひどく弱々しかった。

「……呪いでは、なかったのか……」

その言葉に違和感を覚える。

(——呪い？)

何をもって呪いだと思ったのか。

戸惑う鈴花の前で、焔は乾いた笑いを零す。その退廃的な雰囲気は、まるで別人のようだった。

「……何もかもが嫌になる……全部壊してやりたいくらいだ……」

「焔……」

——焔は、怒っている。何かに対してひどく怒っている。その炎は深く激しく、己の身すら焼いてしまいそうなほどだった。

鈴花は驚きながらも、焔の肩をそっと叩いた。

「落ち着け。私の推測がすべて正しいとは限らない——それでも、もし、何もかも壊して地獄に堕《お》ちたいと言うのなら、その時は付き合ってやるから」

「な……」

焔の目が鈴花を映す。

その瞳が鈴花の知る彼のものであることに安堵し、微笑みかける。

「なんだ、私では不満か？」

「……違う。あなたを巻き込むわけには……」

「気にするな。私もやるべきことがあるからすぐには無理かもしれないが、終えたらすぐに追いかけるよ。お前となら、黄泉への旅路もきっと楽しい」

鈴花は焔の瞳を覗き込んで微笑む。本心からの言葉だった。

「……鈴花……」

弱々しく紡がれた名前に心臓が跳ねる。

刹那、焔が激しく咳き込んだ。口元から迸った血の多さに、鈴花は目を見張った。

「──焔！　すぐに、医者を──」

「待ってくれ、鈴花……口の中を切っただけだ」

──嘘だ。

すぐに部屋を出ようとしたところを、血に濡れた手で袖を引かれて引き留められる。その手はわずかに震えていた。

「──もし」

鈴花を見上げる瞳は真剣で。

「もし俺が、あなたを娶《めと》りたいと言ったらどうする？」

だからその言葉は、胸の奥深くにまで突き刺さった。

──娶る。

その意味がわからない鈴花ではない。

こんな時に何を言っているのかと思いつつも、聞き流すことはできなかった。

「……皇帝に下賜を願うということか？」

「………」

――戯言《ざれごと》だ。

弱って思考が支離滅裂《しりめつれつ》になっているのだろう。本人だって、きっと本気で言っていない。

それでも鈴花は、冗談にはできない。できるはずがない。

だから、真剣に考えた。考えて、考えて、答えた。

「……絶対に許されない」

下賜など許されるはずがない。天地がひっくり返りでもしない限り。

それは、焔もよくわかっているはずだ。

「……ああ……そうだな……」

鈴花は息を吸い込み、焔の瞳を見つめた。

――すべては戯言。誰も知らない御簾の中の出来事だ。

「……でも、もしそうなったら――嬉しいよ。お前と一緒に過ごせたら……うん、それだけで幸せだろうな」

絶対に訪れない未来だからこそ、素直な気持ちを口にした。

微笑むと、寂しそうだった焔の表情が和らぐ。

「ははっ、千年、生きられそうな気がしてきた」

――初めて、焔の笑い声を聞く。屈託《くったく》のない笑顔を見る。

「大げさだな……仙人になるつもりか？」

「仙人は無理だな。迷いと煩悩まみれだ。——いまこの瞬間でさえ、あなたを抱きしめたくてたまらない」

言いながらも、袖をつかんでいた手を離す。

鈴花が皇帝の妃だから、抱きしめたりなんてしない。

そのことに寂しさを覚えながらも、受け入れる。

——本当は、訊いてみたい。自分のことが好きなのかと。娶りたいなんて、本気で言っていたのかと。

だが、訊けない。訊かない。

これが、自分たちの距離なのだ。これ以上近づくことは許されない。

「——とにかく、龍泉水は絶対に飲むな。運ばれてきたらこっそり捨てろ。皇帝陛下にもそう伝えておいてくれ」

言いながら、鈴花は大切なことを確認する。

「……皇帝陛下は、いま、ご無事なのか？」

「ああ」

「そうか。よかった」

鈴花はそれだけ言って、龍泉水の入った水差しを手に取る。

「……お前も、無理をするなよ」

それだけ言って、部屋を出た。

外の人間に医者を呼ぶように言い、鈴花自身は天寧宮を出た。

水差しに残っている龍泉水を、庭に捨てる。疑惑の霊水は雪をわずかに溶かして、土に染み込んでいった。

空になった水差しをその場に置いて、歩き出す。溢れてくる涙を拭いながら。

(焔が、生きていてよかった……)

二度と会えないと思っていた。

だが、どんな形でも、再び会えて、言葉を交わせた。

冗談でも、戯れでも。

あの言葉だけで、千年生きていけそうな気がした。

(……私も、単純だな)

――その時、涙に滲む視界に眩い光が差す。

導かれるように顔を上げ、鈴花は息を呑んだ。

西の空が夕暮れの光に染まり、その中に、一筋の異彩を放つ形が浮かび上がっていた。

止まることなく流れる涙と共に、鈴花の目はその光景に釘付けになる。

空に、黄龍《こうりゅう》が存在した。

「…………」

何もかも忘れて、それに見入る。

それは雲だ。暮れ行く空に浮かぶ黄金の雲が、龍のかたちを取っているだけ――

――違う。黄龍が、雲を借りて帝国の空に降臨しているのだ。

そう自然に信じられるほど、黄龍はあまりにも雄大で、威厳と神秘に満ちていた。

存在感だけで、心が、魂が震える。

——黄龍はいま多くの人々の目に触れているだろう。

そして、誰もが思うだろう。思い出すだろう。これ以上なく強く。

——皇帝陛下は、偉大なる黄龍の化身だと。

(——なんという瑞兆《ずいちょう》だろうか。皇帝の威光もますます強まるだろう……)

雄大な黄龍の姿は、多くの人々の心に希望を灯すだろう。

そう確信し、視線を下げた刹那、鈴花は身体を震わせた。

宮廷の方に続く廊下に、一団が見えた。深紅に染まる廊下の上で、天の黄龍にひれ伏す従者たち、その中央で、呆然と立って天を見上げる皇太后の姿が見えた。

病に臥している皇帝の見舞いに来たのだろうが——

(——老いたな)

皇太后の姿をちゃんと目にするのは久しぶりだ。

——病の影響のせいか以前から年齢の割に弱っていたが、いまは一層衰弱して見える。彼女もまた龍泉水を飲んだはずだ。そのせいで再び病に罹っているのか、それとも重なる心労のせいか。

赤い髪はかつての輝きはなく、頬もこけている。顔色も悪い。

(——運ばれた龍泉水を飲んでいるか確認しに来たのだとしたら、まずいな)

鈴花はゆっくりと、皇太后の方へと歩いていく。焔の血がついた衣の袖を隠して。

呆《ほう》けていた皇太后は、鈴花が近くまで来てやっとその存在に気づいた。

視線を受け、鈴花は頭を下げる。

「……どうして鼠《ねずみ》がここにおる」

皇太后の声は、鈴花の記憶よりもずっと弱々しい。しかし依然として強い力が宿っている。国を掌握する者が持つ力が。

「お久しぶりです、皇太后殿下」

鈴花は頭を上げ、平然と言葉を発した。

「陛下は快方に向かっておられます。天におわします黄龍の如《ごと》き龍気を放っております。万が一のことがあれば、私が使命を果たします。何も、ご心配なく」

重苦しい沈黙が二人の間に流れる。

鈴花を見る皇太后の目は、嫌悪と憎悪に満ちている。最初からずっと変わらない。

「……もしも、力が及ばぬことがあれば、地を這う一族もろとも根絶やしにしてくれようぞ」

「心得ております」

鈴花は涼やかに微笑んだ。

「天の黄龍に我らの身命を捧げられますこと、光栄に思います」

「…………」

「皇太后殿下におかれましては、何も心配されることなく、御身を大切になされてください」

「……忌々《いまいま》しい化物どもめ」

憎々しげに呟く。

刹那、皇太后がひどく咳き込む。全身を揺らして苦しそうに咳を続ける口元が、次の瞬間深紅に染まった。血を吐いた皇太后を、周りの者たちが悲鳴を上げて囲み、支えようとする。

――それでも、皇太后の眼差しは強い力を発していた。

「わらわの国は、わらわのものじゃ……」

憤怒《ふんぬ》。執着。悲哀。あらゆる強い感情が、鈴花に――否、その奥の――古き神へ、そしてあらゆる敵へと、呪詛《じゅそ》のようにぶつけられる。

その迫力に一瞬気圧されるも、鈴花は真正面から受け止めた。

この地は、この国は、皇太后のものではない。その事実をわざわざ口にする必要もない。

無用な争いはしない。ただ、凛と立ち、悠然と微笑む。

皇太后は口元を歪め、ぐっと拳を握った。

「どうして……何故、何故あやつが生きて――」

言葉の続きは再び吐いた血に遮《さえぎ》られる。そのまま意識を失った皇太后は付き添い人に抱えられ、急いで宮廷の方に戻っていく。

鈴花は頭を下げ、気配が遠ざかるのを待った。

（女傑……というよりも、物の怪《もけ》の類いだな。国に取り憑く物の怪だ……それにしても……あやつとは、もしかして皇帝のことか……？）

皇帝のことを話しているときの表情――目の奥に、深い怒りを帯びていた。

少なくとも、愛情の類いは一切感じられない。龍の血を繋ぐためにも、自分の地位を守るためにも、必要不可欠な唯一無二の存在のはずなのに。

――きっと、錯乱しているのだろう。

一団の気配が遠ざかるのを感じて、鈴花は顔を上げた。

(間一髪だったな。龍泉水を捨てていることに気づかれたら、どうなっていたことか)

ともあれ窮地は脱した。そして本番はこれからだ。

鈴花は気を取り直し、北宮へ向かった。


——宮を訪問するまでもなく、玄静麗は北宮の庭にいた。

小さな焚火の前に立ちながら、西の空を呆然と見ていた。

そこに浮かぶ黄龍は形を変えながら、少しずつ霧散しかけている。だがその威光はいまだ衰えがない。


「——玄妃」

ぼんやりとしている玄静麗の背中に声をかける。

玄静麗はわずかに肩を震わせ、鈴花の方を振り返った。

「……白妃様……」

「素晴らしい瑞兆ですね」

西の空に視線を向けて微笑むと、玄静麗は少し警戒心を緩めたようだった。

「ええ、本当に。皇帝陛下の御代《みよ》は、きっと素晴らしいものになるでしょう……」

「私もそう思います。——ところで、何を燃やしていらっしゃるのですか?」

焚火の中には落ち葉と紙が混ざっていて、それらは火によって灰になって崩れていく。

「反故《ほご》や、不要な紙たちを……あまりにも色々持ってきてしまって、置き場所がないのです」

「そうなのですね。私もよく溜《た》め込んでしまいます。でも、ここで燃やすのは危ないですよ。火事になったら大変です。纏めて燃やす場所がありますから、次からはそちらでどうぞ」

白く降り積もる灰たちを見つめ、鈴花は言う。玄静麗は困ったように頬に手を当てた。

「まあ、申し訳ございません。次からは気をつけますわ」

鈴花は微笑んだまま、数歩前に進んで玄静麗との距離を縮める。

「白妃様?」

「——玄妃、どうしてこの度、龍泉水を持ち込んだ?」

鋭い声で問うと、玄静麗の顔が引きつった。

「ありがたい霊水だからか? 誰かに要請されたか?」

「あ、あの……白妃様?」

「——それとも、毒を仕込むのに都合が良かったからか?」

「まさか!」

激しい勢いで否定する。

パチパチと鳴く焚火の音も掻き消すほどに。

「そんなことは絶対にいたしません! 我らが皇帝陛下に献上するものに、そんなことをするわけがございません!」

「——そうだな。露見すれば、ただではすまない。一族郎党、玄家に連なるすべての者が責を負う。長きに亙《わた》って汚名を被ることになろう」

そうして表舞台から落ちていった貴族の記憶は、まだ新しい。

「そのとおりでございます。それに、毒見だって、誰も何の反応もしていなかったでしょう……毒など、入っているわけがございません」

「遅効性……症状が出るのが遅い毒というものもあるが」

「――いくら白妃様といえ、あまりにも無礼ではございませんか？　そこまでおっしゃるのでしたら、何か証拠がございますのでしょうか」

自信のこもった強い眼差しだった。

「ならばこの度の病は、ただの疫病と？」

「もちろんでございます」

「証拠は？」

「……それは……」

「うん。見えないものを探すのは難しい。病の証拠も、毒の証拠もない。調べようもない」

鈴花はわざとらしく肩を竦《すく》める。

玄静麗は険しい表情で、鈴花を睨んでいた。

「質問を変えよう。誰が、龍泉水を献上しようと言い出した？」

「それは――……白妃様には関係のないことでございましょう」

「なるほど、心当たりはあるようだ。何も知らないというわけではなさそうで、安心した」

「……わたくしを拷問にかけるおつもりですか。何の権利があって？」

「まさか。玄家の姫にそんな恐ろしいことはしないよ。私はただの妃の一人。そんな権力はない」

玄静麗はその言葉を聞き、ほっと安堵の息を吐く。

「――ところで、ご存じかな。後宮の地下に、巨大な霊廟があることを。蒼妃から聞いていたりするかな？」

玄静麗の整った顔が青ざめ、強張る。

「いまはもう誰もそこにはいないが……逆に言えば、充分な空きがある。そこは死しても抜け出せない牢獄だ」

「……なんの、おつもりですか……」

「白家の力をご存じかな？　ほとんどの者は知らないし、聞いたことがあっても信じてはいないだろうが……白家の人間の中には、死者と話すことができる者もいる」

「まさか……」

震える玄静麗に、鈴花はにこりと微笑んだ。

「生きている内は口が堅くとも、死者となればどうなるだろうか……試してみようか？」

身体を硬く強張らせる玄静麗の目を覗き込み、離れる。

「冗談だ」

「……」

「――ところで、私たちの宮の間には、美しい池があるのはご存じかな。夏でも涼しく、蓮の綺麗ないい場所だ」

「……」

「私は月夜に宮を抜け出して、そこを散歩するのが好きなんだ」

言って――焔の血がついた衣の袖を払って、池の方に――西宮に向けて歩き出す。

玄静麗の視線を背中に感じながら。

(さて、見え見えの罠《わな》だが、これでどう出てくるか)

脅してくるか、懐柔しようとしてくるか、しらを切りとおすか、消そうとしてくるか。あるいはすべてを白状するか。

鈴花には、自分を囮にするぐらいしか張れる罠がない。

(できれば、わかりやすい形で来てほしいものだ……)

周囲に雪の残る池を眺めながら、思った。

◆◆◆

その夜の月は一層美しかった。

後宮が寝静まる夜更け、鈴花は防寒具を身に着けて、誰にも言わずに西宮を出た。

銀の光に照らされた庭を、一人で歩く。昼間に溶けずに残っている雪のかたまりを避けながら。澄んだ静寂の中に、足音だけが響いた。

鈴花は、夜空を見上げながら静かに息を吐いた。息が凍って白くなり、頬に冷たい空気が触れる。

(寒さが身に染みる)

冷たい風が、首元を撫で上げる。

鈴花はぶるっと身を震わせる。早く用事を済ませなければ、凍え死んでしまいそうだ。

(早く来てくれればいいのだが)

足を早めた刹那、身の内にある神鈴が、悲しげに響いた。

近くに死を感じたときに響く音色が。

（いま、近くで誰かが死んだ……？　まさか――）

逸る心のまま池に急ぐ。

――そして、鈴花は、水面に浮かぶものを見て目を見張った。

揺らぐ水に、黒い影が浮かんでいた。

黒髪が、水面で月光に照らされている。うつ伏せに浮かぶ身体は、ぴくりとも動かない。

――玄静麗が、池の中で死んでいた。

（……なんてことだ……）

周囲に警戒しながら近づく。

（足を滑らせて落ちたか、身を投げたか……）

湧き水である池の水温は、一年中一定だが冷たい。

きっと、この寒さもあって心臓が一瞬で止まっただろう。

だったらそんなに苦しまなかっただろうか。

（まさか、こんなことになるとは……）

病をもたらす龍泉水を持ち込んでしまったことで、自責の念に駆られて身を投げたか？

疫病を広めてしまったことを気に病んだか？

誰かを庇うために、自ら口を閉ざしたか？

あるいはもっと別の理由か。

「………」

冷たい風が水面を揺らす中、鈴花は腰帯に巻いていた鈴をほどき、手首に巻く。

腕を振れば、鳴らないはずの鈴が鳴る。

身体に宿る神鈴が、現世と幽世の境を曖昧にさせる。

その音色に重なるように、玄静麗の魂が、水に浮かぶ死体の上に姿を見せる。

透き通った姿は幽《かす》かな光を放ちながら、水面に映る月と混じり合っているようだった。

その目はただ水面を見つめ続けている。

「玄妃、何か言いたいことはあるか？　恨みでも、呪いの言葉でも」

問いかけるが、玄静麗は口を閉ざしたままだ。何の反応も示さない。

（やはり、話すのは難しいか）

玄静麗は黙したまま、虚《うつ》ろな眼差しで水面を見つめ続けている。

その視線の先で、何かが月明かりを受けて、きらきらと光っていることに気づいた。

（何かがある……）

鈴花は意を決し、靴を脱ぎ、裾をたくし上げる。

ゆっくりと、水に足を踏み入れる。

（冷たい……だが、凍るほどではないな）

やはり、身体が瞬く間に凍るほどではなかった。

玄静麗が命を落としたのは、飛び込んで一気に体温が下がったか、衣が水を吸って溺《おぼ》れたか、もしくは誰かに頭を押さえられたから——だろう。

泥を踏みながら慎重に玄静麗の視線の先に行き、水面下に手を伸ばす。そしてついにそれを拾い上げる。

埋もれていたのは、小さな水晶の玉だった。月明かりに通すと、きらきらと輝いて――まるで、涙の結晶のようだった。

それを見て、鈴花はすべてを見通せた。

(……ああ、なるほど。そういうことか……)

◆◆◆

――翌朝、後宮は騒然となっていた。

入内してきたばかりの妃が死体となって発見されたのだ。しかも場所は紅珠蘭が死んでいたのと同じ池。衝撃的な事件は瞬く間に後宮を駆け巡った。

「玄妃様、自殺なんですってね……何でも、遺書が見つかったとか……」

朝餉の時間に、琳琳が暗い顔で言う。

「遺書の内容は?」

「病を持ち込んだことを気に病まれていたみたいです……」

鈴花は嘆息した。遺書が見つかったことも、その内容も、これほど早く女官たちの間にまで出回るとは。それだけ関心が高いということなのだろうが。

(生者の口は軽いな)

遺書の内容は知っている。

あの後、鈴花は北宮にこっそりと忍び込んだ。情報を得るならこの機会しかないと思い、髪と目を黒く染めて、気配をぼやかして侵入した。

宮の構造はどの宮も変わらない。一度中に入っていたこともあり、部屋の構造も把握していたことが幸いし、部屋の机の上に一通の文を発見した。

(何の変哲もない遺書だった)

それはそのまま同じ場所に戻し、女官に変装して警備の人間に池に誰かが浮かんでいると伝えた。

(――他に、文はなかった。あの時の焚火で本人に燃やされたのだろうな)

そこには真実に繋がるものがあっただろうか。燃えてしまえば二度とわからない。

朝餉を食べ終わり、立ち上がる。

「出かけてくる」

「どちらへ？　しばらくはおとなしくされていた方がいいかも――」

「蒼妃のところだ」

「お供いたしましょうか？」

「いや、琳琳はここで待っていてくれ。きっと、長くなるだろうから」

鈴花は、琳琳の心配そうな顔をほんの一瞬だけ見つめた後、部屋を出た。


東宮の庭では、白く細い煙が立っていた。

近づいてみると、焚火をしている蒼月瑛の姿があった。その背中は、疲れと悲しみに包まれている。

姉妹のような仲だったという玄静麗が死んだのだから、無理からぬことだ。

「おはようございます、蒼妃。何をなさっているのですか？」

「白妃様……おはようございます。反故を、燃やしていたのです」

「まあ……」

「庭で焼くのは良くないとわかっているのですが、私的なものを誰かに任せる気にはなれなくて」

言いながら、近くに置いていた水をかけて消火する。

もう、ほとんどが灰になっていて、読めそうなものは残っていない。

「せっかく来られたんですから、中へどうぞ。是非飲んでいただきたいお茶があるのです」

そうして、部屋に通される。

――いつもの、蒼月瑛の部屋。いつもの席。いつもと同じように丁寧に淹れられていく茶。

茶が入った青磁の器が、鈴花の前に置かれる。白い湯気がふわりふわりと漂っていた。

蒼月瑛は深く息を吸った後、ゆっくりといつもの席に座った。

鈴花は、蒼月瑛の憔悴《しょうすい》した顔をじっと見つめた。

「蒼妃、大丈夫ですか？」

「はい……」

「……二人きりでお話しさせていただきたいのですが、よろしいでしょうか？」

鈴花が頼むと、蒼月瑛は侍女を下がらせた。

部屋の中にも、近くにも、誰もいなくなる。本当に二人きりだ。

「ありがとうございます。それでは……蒼妃のところに、玄妃からの文が残っていませんか？　よく文を交わしていたのでしょう？」

「……申し訳ございません。つい最近、ほとんど処分してしまったのです。あまりにも量が多くて、かさばってしまって……ああ、こんなことになるとわかっていたら……」

「そうですか……彼女の人となりが少しでもわかれば、と思ったのですが」

「申し訳ございません」

蒼月瑛は静かに頭を下げる。

「謝らないでください。――蒼妃にとって、玄妃はどのような御方だったのですか？」

「妹のように思っていました」

「変なことを訊きますが……恨みはなかったのですか？」

「恨み……？　そんなもの、あるわけがございません」

強い語調で言い切る。

「そうですか。玄妃はどうやら、蒼妃に負い目があったようでしたので」

「……白妃様にそこまでお話ししていたのですか……」

蒼月瑛は力なく言い、俯き、肩を落とした。

「――父が、死病に臥せった時、玄家に龍泉水を頼んだことがあるのです」

「まあ……」

「ですが、効果があまり出ず、父はそのまま亡くなりました。わたくしどもは天命だと思っていますが、そのことを気に病んでいたのでしょうね」

「そんなことが……――蒼妃は、どうして玄妃が身投げしてしまわれたと思いますか？」

「……わたくしには、彼女の心の内はまったくわかりませんが……ただ、少し繊細なところのある方でしたから、心労が重なってしまって、突発的に……ということはありえると思います」

その言葉に、鈴花も頷く。

蒼月瑛の緊張が少しだけ解ける。だが、いまだ物憂げな表情で続ける。

「悲しいことばかり続きますわね……黒《コク》妃様の御子も、死産だったようですし……まるで、一つの大きな意志に、後宮が呑み込まれてしまっているかのよう……」

「きっと大丈夫です。空に黄龍が現れましたから。都も大変な祭りになっているということですよ。皇帝への畏敬の念はますます強まるでしょう」

鈴花はわざと明るい声で言う。

蒼月瑛の口元が少しだけ強張っていた。

人死にが出たばかりでこのようなことを言うのは、とても無神経だ。彼女が気分を害するのも当然のことだ。だが鈴花は気にせず無神経に続けた。

「ですが、困っている人々もいるでしょうね。蒼妃——無色教、というものをご存じですか？」

「ええ……昔からある宗教ですが、最近勢いを得て信者数を増やしているそうですわね」

鈴花は頷く。

「その教義の目指すものは、身分の上下のない世の中。——彼らにとって、皇族も貴族も等しく邪魔なのでしょう。身分の上下のない世には、私たち貴族は存在してはならないものです。黄龍の出現も、彼らには忌々しいかもしれません」

鈴花は、部屋にある水晶の蓮の置物を見る。

以前からずっとこの部屋にあった置物を。

「ここからは、私の推論です。失礼なことを言うかもしれませんが、聞いていただけますか?」

「白妃様のお話でしたら、いくらでも」

「ありがとうございます。ではまず——蒼妃、あなたは無色教の信者でしょう?」

蒼月瑛は困惑を顔に浮かべる。

しばらく間をおいて、慎重に言葉を紡ぐ。

「……教義には非常に興味深いところがありますが——」

「無色透明の蓮が、無色教の象徴だそうですよ」

「……あれは、ただの偶然です」

水晶の蓮の置物を見ながら、少し怒ったように言う。

「それがいけないと言っているのではありません。何を信じるかは自由です。そして実際どうなのかは、調べれば済むことです」

調べる方法はいくつかある。無色教の寄進記録や、蒼家の帳簿など。皇帝の勅命なら可能だろう。

「もちろんそんなことはしませんが、蒼妃が教義を信じているとして、話を続けます」

鈴花はすっと息を吸い、蒼月瑛をまっすぐに見た。

「蒼妃。あなたは無色教の教えに則《のっと》り、身分差のない世界をつくるため、皇帝を殺そうと思った」

「——白妃様……なんてことを……!」

蒼月瑛は怒りと戸惑いの混ざる声を上げるが、鈴花は続ける。

「けれども、本人に手を出すにはあまりに障害が多すぎる……だからまずは、皇帝の子を身ごもった紅妃と黒妃を、一緒に始末しようと考えた」

「……な……」

「黒妃の侍女に紅妃の懐妊を教える。それだけで、一気に二人の妃が片付いた」

「…………」

「自分自身は、堕胎薬を飲んで妊娠を避けていた。この宮の付近には、鬼灯が多く植わっていますよね。鬼灯の根は堕胎効果があると、聞いたことがあります」

皇族を消すのが目的なのに、増えてしまったら大変だ。

ましてや自分が妊娠するなど避けたいところだろう。

蒼月瑛は困ったように首を傾げる。

「白妃様、あまりに荒唐《こうとう》無稽《むけい》なお話ではないですか？」

鈴花は微笑み、話を続けた。

「次に、玄妃に入内の際に龍泉水を持ってこさせた――あなたはとっくの昔に気づいていたんです。この水こそが、『紫涙の変』で皇族たちを殺したものだと。きっと、お父上の姿を見て」

死病に侵されていた父親が龍泉水を飲み、龍涙疾を発症して死んだ姿を見て。

「そしてそれを天啓だと思ったのでしょう」

「…………」

「その後、入内し……そして今年、新年の宴で大々的に振る舞わせた。生き残っている皇族を今度こそ始末するため。これで、世の中が変わると。身分の上下のない幸福な世が誕生すると信じて」

「…………」

「でも、残念でしたね。龍泉水の毒の力は弱まってしまっていて、誰も殺すことができなかった。さて次は、どんな計画をお考えですか？」

鈴花が問うと、蒼月瑛は悠然と微笑み、わずかに首を傾げた。

「……面白いお話ですわね。ですが、証拠はありますか？　わたくしも死にかけたのですよ」

「あなたは証拠を残すような人ではない。うっかり失言する人でもない。私のやり方は、あなたが一番傍で見ていたでしょうから」

水晶の蓮の置物を、ちらりと見る。

「あの水晶——無色の蓮もただの置物とおっしゃられるように、鬼灯に堕胎効果があるなど知らなかったと言い切るでしょう」

鈴花は口元に笑みを浮かべる。

「いいんです、それで。すべて、私の、妄想ですから」

鈴花は濃い色の茶が入った茶碗を一瞥し、手は付けずに蒼月瑛の顔を見る。

「——白妃様の御心《おこころ》が、見えません……」

「人の心など、誰にわかりましょうか。一瞬ごとにさえ移り変わるというのに」

「…………」

「ところで……あまり、眠れていないようですね」

昨日見た時よりも更にやつれている。顔色が悪く、隈も濃い。疲労を化粧で隠しきれていない。

「……己の手を汚していないとしても、罪の意識はある。それでも、一度始めてしまえば、止められない。目的は最後まで遂げなければ、正しかったことだと言い切れなくなってしまう」

「…………」

黙り続ける蒼月瑛を、じっと見つめる。

「正当性を守るために、あなたは罪を犯し続けた……玄妃のことは、口封じですか？」

この言葉には、さすがに蒼月瑛も怒りを露わにした。

「――白妃様、さすがにそれは……！　玄妃様には遺書もあったのですよ」

「遺書は、あなたが書いたものでしょう？　よく文を交わしていたなら、筆跡も、内容も、偽造は簡単だったでしょう」

――おそらく。

昨日、鈴花が見舞いに行く時に見た、北宮に向かっていた青衣の女官――あの女官に文を持たせて、玄静麗に蒼月瑛とのやり取りが残る文をすべて処分させた。

その後、鈴花に脅された玄静麗は、蒼月瑛を北宮に招いて鈴花のことを相談した。

蒼月瑛は玄静麗を励まして、夜に池まで同行すると言った。

その時には既に偽造した遺書を用意していた。

蒼月瑛は玄静麗を、いつでも殺すつもりでいたのだろう。

彼女にとってはもう、姉と慕ってくる妹分も、後宮のすべての人間も、誰も彼もが。

いつでも消していいものでしかなかった。

玄静麗の部屋を共に出る時に、部屋の中に遺書を置き。

そして、自分は先に北宮を出て、外で何かの騒ぎを起こして、北宮の女官たちの意識を誘導し、玄静麗を誰にも気づかれないように外に出す。

そして池の前で合流し、玄静麗を自殺に見せかけて殺害した。

「怖い人だ」

「……ひどい言いがかりですこと」

蒼月瑛の声は震えていた。

鈴花は気にせずに続ける。

「蒼妃。あなたがよく身に着けていた、水晶の首飾りは、いまどちらに？」

鈴花が問いを発した瞬間、ほんの少しだけ蒼月瑛の視線が動く。

無言で立ち上がった鈴花は、視線の先――棚に置かれた漆塗りの小物入れのところへ行き、蓋を開ける。中には、彼女がよく身に着けていた水晶の首飾りが収められていた。

そっと、手に取る。

「やはり、見事なものです。……あら？　少し短くなっていませんか？」

思ったとおりだった。以前見たときよりも短くなっている。

蒼月瑛の横に行き、そっと首にかけるとよくわかる。

「ほら、やっぱり」

「…………」

「切れてしまったんですね。その時に、玉を失くしてしまわれました？」

蒼月瑛は何も言わない。

何も言ってなるものかという意思を感じる。

「実は私、似たようのものを拾っているんです」

蒼月瑛の横に立ったまま、池の中で拾った水晶の玉を、卓の上に置く。

「水晶の加工や、こうして穴を開けるというのは、難しいそうですね。とても、硬くて」

穴の開いた水晶玉を、指先でころころと転がす。

それを再び摘《つ》まみ上げ、首飾りの横に添える。

「――まあ、大きさもぴったり。どこで拾ったと思います？」

蒼月瑛は何も言わない。

「これが落ちていたのは、池の中です」

玄静麗が池に突き落とされた際、蒼月瑛の首にかかるそれを思わず摑《つか》み、引きちぎったと鈴花はみている。水晶自体は硬くとも、それを繫ぐ糸は脆弱《ぜいじゃく》だ。でなければ、どこかに引っかかってしまったときに危ない。首を絞めてしまう。

蒼月瑛は困惑したように苦笑する。

「――実は、玄妃に一部を贈ったのです。彼女も、怖がりなところがありましたから、御守りとして。糸を切り、短くして、分けたのです……御守りにはなりませんでしたが……」

やはり、彼女は隙を見せない。

鈴花は嬉しくなった。それぐらいしたたかでないと、後宮で生き抜くことはできない。

「まあ……そうだったのですね。ではこれは、玄妃の形見にもなっているのですね。お返しします」

首飾りと水晶玉を卓の上に置き、鈴花は姿勢を正した。

「では、そろそろ失礼させていただきます」

そう言うと、蒼月瑛の肩からわずかに力が抜ける。

ほっとする蒼月瑛の首の後ろには、赤い線のような痣が横一直線にあった。——首飾りを引きちぎられたときに、痕がついてしまったのだろう。

散らばった水晶玉の大部分は回収できたが、池に落ちたものは回収しきれなかった。焦りもあって、拾いきれないまま逃げてしまった。

そして池に残っていたものが、鈴花に真実を見せた。

「ところで、お気づきですか？」

鈴花は思い出したように言う。

「何をでしょうか」

「——紅妃の赤い髪が、ずっとあなたの首にかかっていることを」

激しい音を立てて、蒼月瑛が椅子から立ち上がる。

弾かれたように振り返って後ろを見る。だが彼女の瞳には、自分の部屋しか映っていないだろう。

もしかしたら、形を得た妄想が見えたかもしれない。

血色の悪さを隠す化粧が無意味なほどに、顔が青ざめていた。

「私の力は幽霊が少し見える程度のものですが……紅妃はずっと、あなたの後ろにいらっしゃいますよ」

蒼月瑛の身体がガタガタと震える。

怯え切った瞳が、縋るように鈴花を見た。

「そんな……どうしていままで教えてくださらなかったのです？」

「言ってどうにかなるものでもありませんし。怖がらせてしまうだけになるのなら、言わない方がいいと思っていたのです」

これは本当だ。紅珠蘭が死んでから、ずっと蒼月瑛の周囲には、紅い影が浮かんでいた。まるで鬼灯のように。

――死者の魂は時折、動く。強い意思に突き動かされるように、元の場所から動く。

――おそらく、蒼月瑛が不眠に悩まされ始めたのはその頃からだろう。

日を追うごとに、痩せていっていた。

「それに、いらっしゃるのは紅妃だけではございませんし」

蒼月瑛は絹が裂けるような悲鳴を上げ、椅子を手にして辺りかまわず振り回した。棚を壊し、鏡を割る。水晶の置物を薙《な》ぎ倒す。

あまりの騒ぎに、東宮の侍女が駆けつけてきたほどだった。

「蒼妃様……！　いかがなさいました」

「い、い、いるわけがない……幽霊なんているわけがない……ねえ、わたくしの首に何かある？」

「あ……はい……赤い線のようなものが……」

「いやぁああぁぁぁ！　あの女……あの女ぁ……！」

「蒼妃様！」

二人の侍女に宥《なだ》められながら震える蒼月瑛に、鈴花は言う。

「矛盾した心をお持ちのようですね。いるはずがないのに、怖いだなんて。ですが、人間とはえてしてそういうものです。それに心の底ではわかっていらっしゃるのでしょう？　だから私にも親切にしてくださったのでしょうから。死者の霊を、なんとかしてくれるのではないかって」

――そして何より、鈴花が皇帝の寵愛を得ていなかったから。

もし鈴花も他の妃たちと同じように皇帝と夜を共にしたら、笑顔のままで消しにきただろう。

懐妊でもすれば、茶に堕胎薬を混ぜてきただろう。

――蒼月瑛にとって、それが正しい行動だから。

「――だ、だって、だってあの娘、白妃様を殺そうとか言うから」

蒼月瑛は媚《こ》びるような笑みを浮かべて、縋るように鈴花を見上げる。

床に座り込んだまま、震える手で鈴花の衣をつかむ。

「許せなかったんです……わたくしの白妃様を、手にかけようとするなんて……ええ、玄妃を池に突き落としたのはわたくしです。でもそれは、白妃様をお守りするため。正義ゆえの行動ですわ」

――彼女の涼やかな美しさはすっかり消えていた。

強張りながら笑う姿は、最後の自己保身にしか見えない。

――その経緯は、もしかしたら本当かもしれない。

そうではなく、鈴花の考え通り、病は龍泉水が原因かもと玄静麗が言い出したから、証拠隠滅か――犯人に仕立て上げるために、殺したのかもしれない。自分が持ってこいと唆《そそのか》したのを隠すために。

鈴花には真実はわからない。

そんなものはどうでもいい。

わかるのは、蒼月瑛が玄静麗を殺したという事実だけだ。

「助けて――助けてください、白妃様」

歪な笑みを、視線を、鈴花は静かに見つめ返した。

「紅妃のことは？」

「わたくしはただ、黒家の侍女と世間話をしただけです！」

激しく叫んだ直後に大きく咳き込む。

鈴花は静かに、卓の上で無事だった茶碗を持ち上げた。茶は既に冷めきっていた。

それを、蒼月瑛の前に運ぶ。

「喉が渇いているみたいですね。どうぞ、お飲みください」

蒼月瑛は大きく目を見開き、目許に涙を滲ませて首を横に振った。

「蒼妃が淹れてくださったお茶ですよ。ぬるくなっていて、飲み頃です」

身体が怯えて震えている。

毒を入れているのだと自白しているようなものだ。

(やはり、私のこともとっくに邪魔になっていたか)

無色教への信心の下にか、あるいは保身のためか。

もしかしたら、情報通の彼女のことだから、鈴花の異能を知っているのかもしれない。死者を黄泉がえらせる力があれば、皇帝を首尾よく殺せたとしても、生き返らせてしまうから。

——それとも、鈴花に皇帝の寵愛があったと勘違いしているのか。

鈴花は無言で茶碗を卓の上に戻し、部屋の外へ向けて歩き出した。

「待って——助けて！」

去る鈴花の背中に、悲痛な声がかかる。

「あなたは既に黄泉路の途中。死者を連れ戻すことはできません」

心が黄泉に引き寄せられている者は、もう帰ってこられない。

彼女はもう、首まで浸かってしまっていた。


――そしてその夜、死を告げる鈴の音が鳴った。

◆◆◆

翌朝、自室で死んでいる蒼月瑛が侍女により発見された。

服毒自殺だったという。

机の上には、何通もの文が置かれていて、自分の犯行のすべてと、そして死者に許しを請《こ》う内容が書き連ねられていたという。

それを聞いたとき、鈴花は思った。

きっと書き終わった瞬間、蒼月瑛は解放されたような気持ちになっただろう。

許されたような気持ちになっただろう。

そしてそのまま、自ら命を絶ったのだろう、と。

(――繊細な御方だ。それなのにこのような恐ろしいことを、よく次から次へと出来たものだ)

走り出してしまったら、それを最善と信じて進み続けるしかなかった。

そして、黄泉路に足を踏み入れた。

もう帰ってこられない場所まで。

文の中には、鈴花宛てのものもあった。

『お先に失礼いたします。いつかまた、貴女様と出会う日を、楽しみにしております』

鈴花は蒼月瑛を探してみたが、彼女の姿はもうどこにもなかった。

水晶の小鳥の置物が、ただ、静かに輝いていた。


――その後。

皇帝は後遺症もなく、無事に回復したという。黄龍の出現もあっての復活。これにより皇帝の威光はますます強まり、御代は安定したものになるだろう。

龍泉水は永遠に禁止されると共に、水が湧き出る地の周囲は立入禁止区域となった。

その際、龍泉の調査もされたが、特に異常を示すようなものはなかったという。

誰も訪れることのない神の庭で、水はいまも湧き続けている。

■終章　冷遇妃と皇帝

鈴花《リンファ》は西宮の自室の窓から、ぼんやりと花見をしていた。

花はまだ咲いていないが、桜の蕾が膨らみかけているのを見るのも風流なものだ。

このところずっとそうして過ごしている。

怠惰だとは思うが、いまは何もする気になれない。

（……色々なことがありすぎた）

――白鈴花《ハクリンファ》は、後宮妃としては一番の古参だ。

皇帝である黄景仁《コウケイジン》が即位した翌年に、紅珠蘭《コウシュラン》と共に後宮入りした。

その翌年には蒼月瑛《ソウゲツエイ》と黒雪慧《コクシュフィ》が後宮入りし、四妃の体制が整った。

そして紅珠蘭が死に、黒雪慧が去り。

紅明璃《メイリ》が訪れ、玄静麗《ゲンセイレイ》が訪れ――玄静麗が死に、蒼月瑛が死に。目まぐるしく移り変わった。

（……後宮は、兄上が言っていた通りだった……黄泉よりも暗くて淀んでいる）

白家の現当主である兄は、鈴花を後宮に送る際「龍の子供を産んでもいいぞ」と笑っていた。

――そんなことはありえない、と鈴花は思ったものだが。

後宮――いや、宮廷という場所は、内側でも外側でも、様々な思惑が渦巻いている。

昨日までありえなかったことが、今日起こることもある。

（だがやはり、ありえないな。いまだ、皇帝の顔すら知らないのだから）

それにしても、皇帝も難儀なことだと思う。

次代の龍器をつくらなければならないのに、後宮がこの調子ではいったいいつになることか。

(どうせまたすぐに、新しい妃が入ってくるだろう)

散った花のことなど、誰もがすぐに忘れてしまうだろう。

どんな色だったかも、どんな香りだったかも、誰も思い出すことはない。名前だけが墨で書き残されるだけの儚い花だ。

「——白妃様っ」

黄昏《たそが》れているところに、琳琳《リンリン》が部屋に飛び込んでくる。何故かとても興奮した様子で。

「ついに、ついにです」

「何がだ」

問うと、わずかに声を潜めて。

「——今夜、陛下がいらっしゃいます」

「……………は?」

「早く準備なさってくださいぃぃぃ」


それからは、怒濤《どとう》の勢いで準備が行われた。

(気合いが入りすぎじゃないか……?)

鈴花は磨きに磨かれた。応援の女官もやってきて、髪も肌も磨き抜かれた。色々と塗り込まれ、鈴花はずっとされるがままだった。

そして、夜が来ると部屋に一人で残される。

（いったい何が起こっているのか……）

いつも暮らしている部屋なのに、ひどく落ち着かない。

そういうことにはならないとわかりきっているから、余計に落ち着かない。

このまま皇帝が来たら、何を勘違いしているのかと呆れられるだろう。

（いいえ、私は勘違いしていません。ですが私の可愛い女官が張り切ってくれたものですから、水を差したくなかっただけです。さあ、今度はいったい何を調べろと？　——こんな感じか）

心の中で台詞《せりふ》の練習をしながら、その時を待つ。

——皇帝が鈴花を抱くことなど、絶対にありえない。

もし子供ができたら、黄家が白家と混じることになる。それはいままでの歴史になかったことだ。

他の皇族が許さないだろう。

そして、もし万が一、出産前後に鈴花が命を落としてしまったら大変だ。貴重な黄泉がえりの道具が壊れてしまう。

だから、絶対にありえない。

（無駄な準備をさせてしまったな……）

磨き抜かれ、飾り付けられた自分の姿を見つめ、女官たちに悪いことをしたと思う。

（いや、悪いのは皇帝だ。周囲に気を持たせるやり方をしたのが悪い）

——鈴花は腹立てながら待つ。そして人が宮に訪れる気配を感じて、寝台の上に座り直した。

無駄に緊張する身体を落ち着かせ、無駄に速まる鼓動を抑えつける。

(――もし)

皇帝がすべてをわかっていながら、それでも触れようとしてきたら、どうすればいいのか。

(……嫌だ)

以前なら、普通に受け入れていたかもしれない。そんなこともあるか、と。結局白家は黄家の意向に逆らえない。

――だがいまは、嫌だ。

鈴花は、恋をしてしまった。絶対に許されない恋だ。絶対に叶わない恋だ。

それでも、他の男に触れられたくない。身体も、心も、暴かれたくない。

胸が強く締め付けられたその時、気配が部屋に近づいてくるのを感じる。

鈴花は頭を下げて、顔を伏せて、扉が開くのを待つ。

そういうことにならないのに、顔を見てはいけない。玉体を見てはいけない。

(私はちゃんと弁えている。わかっている)

鼓動が速まり、息が浅くなる。鈴花は寝台に指を立てて、努めて平静を装った。

扉が開き、男の気配が入ってくる。そして、ゆっくりと扉が閉まる。

変なことになる前に、場を制してみせる。自らと皇帝の立場をしっかりと思い出させてみせる。

そのまま、練習していた台詞を言おうとしたとき――

「――鈴花」

聞き覚えのある声で名前を呼ばれ、どきりとする。

どうすべきかわからなくなり固まっていると、更に声がかかる。

「顔を上げてくれ、鈴花」

少し緊張したような、懇願するような――その声に応じてゆっくりと顔を上げる。

そして、目を見張る。

そこにいたのは、皇帝の装いをした焔《エン》だった。

「…………」

――ただ。

彼が身に纏う空気はいままでとは違った。

あたかも火焔《かえん》に身を包む龍のような、堂々たるものだった。

その姿を見つめ――鈴花は肩を落とし、深くため息をついた。

「……鈴花？」

「……いや、すまない。こんなときまで影武者を寄越すのかと思っただけだ……」

安堵しつつも、ひどく恥ずかしい気持ちになる。

――こんな姿、見られたくなかった。

皇帝が訪れるのを心待ちにしていたかのような姿なんて。

鈴花は自分自身をすべて隠すように、布団を頭から被った。

違うのに、何も言えない。言えるはずがない。恥ずかしさと悲しさで感情がぐちゃぐちゃになる。

目許が熱い。――いつの間に涙が零れていた。

「鈴花……」

「大丈夫。だから、見ないでくれ……お願いだから……」

「――鈴花。俺が、黄景仁……いや、この名前は、やはり違うな……俺は、黄焔《コウエン》だ」

――理解が、追いつかない。

鈴花は布団を下ろし、顔を上げた。

そこにいるのは焔だ。

間違いない。だが、顔も知らない皇帝の姿と、目の前にいる焔の姿が、重なって見えた。

「焔が、皇帝……？」

「ああ、そうだ」

「影武者ではなく？　いつから？　黄景仁でないとは、いったい――……」

鈴花は顔を両手で押さえ、細く呻いた。

「わけがわからない……」

「最初から話させてほしい。かなり、長くなるかもしれないが」

その姿は、不安と焦りに揺れているように見えた。それでも鈴花と向き合おうとしてくれているのが伝わってくる。

「……………」

鈴花は確信があった。話を聞いてしまえば、もう戻れない。知らなかった頃とはまったく別の場所に行くことになるのだろうと。

だが、焔が話したいと思っているのなら、聞きたい。

全部聞きたい。

「――いいさ。夜は長い。朝までだって付き合うよ」

ここには二人きりだ。誰にも話を聞かれる心配はない。

笑いかけると、少し安心したような笑みを浮かべる。

「その前に一つ確認しておきたいのだが」

「何だ？」

「本当に、皇帝なのか？」

「だから、そうだと言っている」

——頭がくらくらする。そのまま倒れてしまいそうになるところを、ぐっと堪える。

「私が皇帝だと思って話していたのは——お前だったのか……？」

「そうだ」

——いったい、いままでどれだけの無礼を働いてきたか。

鈴花は今度こそ、倒れる代わりに頭を下げた。

「お許しください」

「鈴花……？」

「私の所業をすべてお許しください」

「いまさら他人行儀にならないでくれ」

少し困ったように言う。

「だが、お前は——私は——……」

「俺はいま、焔だ。景仁の名は、天にいる従兄《いとこ》に返す」

その笑顔は間違いなく、焔のものだ。市井育ちの柔らかさがあり、けれどその瞳には新たな炎が灯っていた。鈴花の胸を熱くさせる炎が。

「……本当に長くなりそうだな。ほら、座ってくれ」

大きな寝台だ。二人が並んで座るぐらいの広さは充分にある。

焔は戸惑いつつも、鈴花から距離を置いて座った。

静かな――やや緊張感のある夜の中で、焔はゆっくりと話し始めた。

「――俺は、先の皇弟と、皇帝の下級妃との間に生まれた。不義の子、というやつだ」

あっさりと告げられたのは、驚愕の内容だった。

(これは、私が聞いてもいいのか……?)

既に若干後悔しつつも、そのまま耳を傾ける。

「生まれてすぐに元武官に引き取られて、自分に流れる血が何なのかも知らずに生きてきた。そして、六年前……『紫涙の変』で、ほとんどの皇族が死んだ。皇帝も、皇太子も」

鈴花は黙って聞いた。

彼の気持ちや境遇を想像しながら、一つ一つの言葉をしっかりと受け止める。

「その翌年、突然宮廷に連れてこられた。黄景仁になるように言われて、その二年後わけもわからず即位した。それからずっと種馬扱いだ」

不義の子として生まれた焔を、殺しはせずに監視しておいて、皇族の男が全滅したら連れ戻して、黄景仁として扱った。――影武者、ではなく身代わりとして。

育ての親はどうなったのかは聞けなかった。おそらく、消されたのだ。秘密が漏れないように。

突然皇帝となった彼がどんな経験をしてここまで来たのか、想像するだけで胸が苦しい。

「――焔としてあなたの前に現れたのは、紅妃が死んだ理由を知りたかったのもあるが……あなたを守りたかった」

「私を？」

焔は――皇帝は、頷く。

「牢に入るのを阻止したかった。だが皇帝として肩入れするわけにはいかない。だから、白妃自身に動いてもらう格好で、俺が何とかするつもりだったんだが……あなたは、俺が思っていたよりずっと強かった」

焔はどこか嬉しそうに言う。

「女官に変装して動き回っているのを見た時は、度肝を抜かれたが」

「……気づいていたのか……？」

「気づかれていないと思っていたようだから、黙っていた」

倒れそうになる。恥ずかしくて消えてしまいたい。

「……誰にも気づかれたことがなかったのに……歩き方すら変えていたのに……私に無関心だったくせに……」

「無関心だったわけじゃない」

慌てたように言う。

「……ずっと、見ていた……あなたに菓子をもらった日から」

――宦官の服装をした少年に渡した琥珀糖。

「あなたにとってはいつも通りの優しさだっただろうが、俺にとっては救いだった」

「そうか……私も覚えているよ。出世どころじゃないな」

──皇帝に向けて出世しろと激励したのだと思うと、恥ずかしさしかない。

「あの言葉があったから、俺は地に足を着けて立つことができた」

「……そうか」

力になれていたのなら、こんなに嬉しいことはない。

「では、あの時、お前が探していた幽霊は──」

「……宮廷に連れてこられてから、ある夢を見るようになっていた。確証はないが、確信がある。地下にいたあの二人……あの二人が俺の両親だろう」

地下の霊廟にいた、死しても離れなかった二人。先の皇帝の弟と、皇帝の下級妃。

「二人は皇帝を裏切った罪で処された。しかも『紫涙の変』は二人の呪いだと言われていた。死してなお二人が犯した大罪を、俺が償わなければならないと言われ続けた。そのために景仁になるのだと」

「──そんな馬鹿な話があるものか。お前が償うことなんて、何もない」

──誰がそう、言い聞かせてきたのか。

(皇太后しかいない)

──皇太后が焔を憎んでいたことは、あのわずかな邂逅《かいこう》と、そして焔の話からも見えてくる。

皇太后にとって焔は、夫である先帝が手を付けた下級妃と、先帝の弟の、不義の子だ。

だが、焔は唯一の皇族男子であり。

自分を皇太后の──皇帝の母の地位に収めさせてくれる道具でもあった。

皇太后は焰を誰よりも必要としつつも、誰よりも憎んでいたのだろう。

――焰はここに至るまで、どれほどの目に遭ってきたのか。

黄泉よりも暗い世界で、どれだけ戦ってきたのか。

「鈴花……いままでちゃんと礼を言えなくてすまない。両親を見つけてくれて、弔わせてくれて、感謝している。『紫涙の変』の実態を解き明かしてくれたこともだ。あなたは本当に――俺の正体以外に関しては勘がいい」

「あ……う……普通、思わないだろう……皇帝がふらふらしているなんて」

「ははっ、そうだな」

――それにきっと、気づきたくなかったのだ。

知らないからこそ保てる関係性というものがある。

知ってしまえば壊れてしまう。――失いたくなかった。だから、考えないようにしてきた。

「あなたのおかげで、色んなことを知れた。見えなかった多くのことが見えた」

焰の顔には素直な喜びと、どこか虚無的な陰が見えた。

まるで、いますぐにでも消えてしまいそうな儚さで。

――鈴花は、吸い寄せられるように手を伸ばし、そっと指で焰の手に触れた。

その瞬間、焰は怯えるように手を引いた。

弾かれたような格好になって、鈴花は呆然と焰を見つめる。

「……そんなに私には触られたくないか」

「ち、違う！　俺に触ると、あなたが穢れる、から――」

——そういえば、自分の前ではよく手袋をつけていたことを思い出す。

焔は、自分が穢れていると思っている。

再び焔の手に触れる。びくりと震えつつも、今度は振り払うようなことはしなかった。

鈴花は、焔の目を見つめて微笑む。

「私は、お前にならに触れられたいよ」

「————ッ？」

動揺があからさまに顔に出る。

「ふふっ……だが、やめておいた方が賢明だな。言われているだろう？　白家の娘に手を出すなと」

鈴花は焔の手を離し、いつの間にか縮まっていた距離を戻した。

「私はいずれ、お前を生き返らせて死ぬ身だ」

「そんなことはさせない！　鈴花の命を犠牲《ぎせい》にしてまで、生き長らえるつもりはない」

「お前にそのつもりがなくても、そういう契約なんだ」

鈴花は線を引くように、強い言葉で言い切った。

「黄家を——龍を存続させるのが契約だ。我々は、言うことを聞くしかない」

——この大地にいた神は、天から降りてきた龍に、その座を譲った。

古き神は龍に負けた。敗者は勝者に従うしかない。でなければ、完膚なきまで磨《す》り潰される。

「触れたら穢れるのは、お前の方だよ」

呟いた刹那、強い力で抱き締められた。

すべての隔たりがなくなり、熱に触れ、身体が瞬く間に熱くなる。

「焔、放して――」

押し返そうとするが、まったく動かない。

「嫌だ」

耳元で響く声は、苦しくなるほど切なかった。

「あなたを初めて見たとき……なんて美しいんだろうと思った……自分が触れてはいけない存在だと、思った」

言葉とは裏腹に、抱き締める腕に更に力が入る。

「……距離を取るべきだと思っていた……関心を知られるわけにはいかなかった……だが、知れば知るほど……その眼差しから、その姿から、目が離せなかった」

かあっと顔が熱くなるのが自分でもわかった。

「どうしようもなくなって……完全に離れた方がいいと思った……」

「――だから、『焔』を後宮に出さないと決めたのか？」

「………」

その沈黙の重さに、焔の抱えているものの重さを知る。

縋るような腕に抱かれながら、鈴花は思う。

「本当に、自分勝手な男だな」

背中を軽く叩く。

「どこにもいかないよ。でも、苦しいから緩めてくれ」

ようやく少し力が弱まる。

鈴花はふっと肩の力を抜き、大きく息を吸い込んだ。焰の体温と匂いと共に。

淡い切なさが胸に満ち、頬に熱が溜まる。

「私は、お前に会って、自分の知らない自分を知った」

鈴花は焰の目を見つめ、自分の素直な思いを言葉にする。

「正直、苦しかった。でも、嬉しかった」

自分の知らない自分を知ること。知らない感情を知ること。

知らなくても生きていけた。

だが、知ることができた。その価値は、それまでの平穏な日々とは比べものにならないほど大きかった。もう、退屈なんて感じないほどに。

「お前に会えたことが、いままでで一番の喜びだ」

鈴花はそっと手を伸ばし、焰の手を握る。自分の気持ちを伝えるために。

「……俺は、こんな血は滅びてしまえばいいと思っていた」

「そうか……でも、いまは違うんだろう?」

確信を込めて問うと、ほのかに笑う。

「あなたの気持ちを聞けたとき、そして、空の黄龍を見たとき――」

西の夕暮れの空に現れた、巨大な黄龍の雲。

黄金に輝き、炎を纏ったような姿。

鈴花も鮮烈に覚えている。

「俺が、ここで、こうして生きていることの意味を考えた」

吸い込まれそうな、まっすぐで、力強い眼差しだった。

言葉に込められた、意志が眩しかった。

「俺は、この国を、より良いものにしていきたい。より強く、より豊かに。古い因習を打ち破り、俺自身として生き、この国を変えたい」

その姿は本当に、炎を纏った黄龍のようで。

だが、人間で。

「――鈴花。俺の、唯一の妃になってほしい」

そう願う姿は、一人の男のものだった。

「…………」

――因習や確執。そして契約。

焔はそのすべてを焼き払い、前に進もうとしている。

その炎の強さは、世界の有様を変えるだろう。

天高く昇る龍となるか、滅びて地に堕ちるか。いまは、未来がどうなるか何もわからない。

――その彼が必要としてくれるのなら、共に地獄に堕ちてもいい。

――だが。

「物事には、順序というものがある」

伸ばした指で、そっと唇に触れる。

「皇妃となれるのは、皇子を産んだ妃だけだ」

「順序……そうだな、すまない。順序が滅茶苦茶だった」

恥じ入るように視線を逸らし、そして再び鈴花を見た。

「好きだ。鈴花が、好きだ」

短い言葉に、心臓が大きく跳ねる。

「あなたのいない世界は考えられない。俺は、鈴花と共に生きていきたい」

「ああ。私も——私もだ」

込み上げる喜びのままに、腕を回して抱き着く。

「お前を、愛しているよ」

神も龍も関係ない。契約も、誰かの思惑も、しきたりも。

鈴花の唇に焔の唇が重なる。その感触が、鈴花の世界を変えていく。

いまここにあるのは、純粋な気持ちだけだ。

愛《いと》しい人と共に生きたい。

ただそれだけが、鈴花が初めて強く望んだ、自分自身の未来だった。

◆◆◆

——その後。

皇帝が自らの身の上と真の名を公表したその日から、帝国は多くの変革の波に包まれた。

それまで強権を握り続けた皇太后とその一族は、都より永遠に追放された。

——黄龍の化身と呼ばれた皇帝は、皇妃と共に国の在り方を一新していった。有能な人物を身分に関係なく積極的に登用し、停滞していた帝国に新たな風を吹き込み続けた。

そして龍帝国は、より公正で開かれた国へと変貌していく。

深い愛情で結ばれた皇帝と皇妃は、いつまでも互いに助け合い、年を重ねても、変わらぬ笑顔で見つめ合っていたという。

あとがき

こんにちは、朝月《あさづき》アサです。

この度は、『後宮冥妃の検視録～冷遇妃は皇帝に溺愛される～』をお読みいただき、誠にありがとうございます。


私は昔からミステリーを読むのが好きでした。

本屋さんで気に入った本を買ったり、図書館でたくさん借りて、移動時間や気分転換をしたいときによく読んでいます。

とはいえ、トリックはさっぱりです。よくわからないまま雰囲気でミステリーを楽しんでいたといっても過言ではありません。

いま思えば、探偵役のキャラクターの魅力や個性や、人間味のある登場人物たち、とりわけ犯人の葛藤や美学、どうして罪を犯してしまったのか、それによって何が変化したのかの人間ドラマが好きだったんだと思います。

もちろん、最後のあっと驚く真相とかも。

なので、謎解き要素のある物語も大好きです。そもそも謎があって、それを解き明かすヒントがちりばめられていて、最後にそれが明かされるのなら、何でもミステリーかもしれません。

そんな考えがあってこそ、この作品を完成させることができたと思います。

小説を書き始めてから、ミステリーにはずっと憧れがありました。

しかし前述通り私はトリックがさっぱりです。自分でも理解できないものを書けるのか、という悩みからずっと書けなかったのですが、『池に浮かぶ花のような女性の死体』という映像が思い浮かんだ瞬間、その話を書いてみたくなりました。

一つ鮮烈な映像があれば、舞台や時代、人物たちを一気に思い描くことができます。そうして、このお話が生まれました。


ミステリーも、後宮も、中華風も初めての題材で、更にそこに。自分の好きなものをいっぱい詰め込んでいきました。

陰陽五行思想や日本神話（天津神と国津神、国譲りに黄泉平坂）も取り込んでいって、とにかく自由に。

自由すぎて執筆中は本当に手探りでした。第一章を書き終えた時は、これから続きはどうなるのか、最後はどうなるのか、作者である自分でもわかりませんでした。

そうした混沌の中でも、キャラクターたちは動き出していきます。無数にある未来と選択肢の中から鈴花《リンファ》たちが選んでいったものを紡いでいき、辿り着いた先が、このタイトルになります。


そのタイトルについても少しだけ。

タイトルを考えるときは、主人公がどんな人物か、舞台はどんなものか、何をしてどこに向かうのか、どういうところが見所かなどを考えています。

『後宮冥妃の検視録～冷遇妃は皇帝に溺愛される』にも、この物語のテーマや仕掛けをぎゅっと詰め込みました。

まず『後宮』は物語の舞台そのものです。華やかな表舞台の裏で繰り広げられる愛憎や権力争いを表現したいのもあって、言葉の持つイメージの力を借りました。

次に『冥妃』これは主人公・鈴花が「死者に関わる異能」を持つ後宮妃であることを象徴してみました。死者に心を寄せ、その背後にある真実を探る姿と役割を、この言葉で表現しました。

そして『検視録』——これは「検死」を使うか迷いましたが、あえて「視る」を選びました。死者にだけではなく、生きている人々も視てきた記録という意味で選んでいます。

続いてサブタイトル。

『冷遇妃』は鈴花の現状を指しています。後宮で孤立して冷遇されている彼女が、『皇帝に溺愛される』——つまりハッピーエンドを迎える、ということを示唆するサブタイトルなんですが、ここに少しだけ仕掛けを施しています。「皇帝」ではなく「竜」にしようかとも思ったのですが、あえてこの形にしています。

その意味は読んでくださった方の解釈に委ねます！

このお話が、こうして一冊の本として誕生したことは、本当に感無量です。

応援してくださった読者の皆様や、色々な面でサポートしてくださった編集さんや、関わってくださったすべての方々のおかげです。

そして、この世界を見事に描き出してくださったイラストレーターの壱子《いちご》みるく亭《てい》先生、超美麗なキャラクターイラストをいただいた瞬間から、「鈴花が、焔が、妃たちがいる!! 存在している!!」と大興奮でした。すべてのイラストが美しくて、嬉しくて、机の前にずっと飾っています。本当にありがとうございました。

そして何より、いまこの本を読んでくださっているあなたに最大級の感謝を。

ここまで読んでくださりありがとうございました。この物語をどう感じたか、ぜひお聞かせいただけたら嬉しいです。

それでは、またどこかでお会い出来たら幸いです。

朝月　アサ

ファンレターはこちらの宛先までお送りください。

〒110-0015　東京都台東区東上野2-8-7
笠倉出版社　Niμ編集部

朝月アサ 先生／壱子みるく亭 先生

後宮冥妃の検視録
～冷遇妃は皇帝に溺愛される～

2025年2月1日　初版第1刷発行

著者
朝月アサ

発行者
笠倉伸夫

発行所
株式会社　笠倉出版社
〒110-0015　東京都台東区東上野2-8-7
[営業]TEL　0120-984-164
[編集]TEL　03-4355-1103

印刷
株式会社　光邦

装丁
Keiko Fujii

ISBN　978-4-7730-6450-6
Printed in Japan